U0031286

文学森林

lf

春在綠蕪中

鍾曉陽

新経典文化

ThinKingDom

目次

推薦序——一種蛾眉，何事傷心早？

張大春

〇九年我在香港承某單位賞識，給了個相當沉重的嘉勉牌位，木座銅雕，上書「文學翹楚」四字。由於精神和實體上都擔當不起，便和曉陽打商量：「搭飛機帶著這個太沉重，你給收著罷？」換了任何一個別人，要不就會覺得我對頒獎單位輕忽失禮，要不就是對託付的朋友不夠意思。可是曉陽笑著一口答應了，「文學翹楚」應該還在她家裡某處擱著，此後我們即以「大翹」、「小翹」相呼，並透過電子郵件參詳舊體詩的寫作；當時距離我們初見面——也是唯一的一次見面——已經將近二十年了。

經不得回頭計年的一回頭，發現曉陽這本《春在綠蕪中》更是將近三十年前的創作。我揣想著那個年方十七的小女孩，對於整個世界充滿了易受驚恐的敏感，使《春在綠蕪中》的意義，要比一本尋常所謂「為賦新詞強說愁」的少作有更值得重新閱讀、重新體會的價值。

這就要從曉陽心儀的作家說起。我也是直到近年才偶然得知，曉陽一向喜讀納蘭詞。

有清一代詞人，論者多推朱彝尊（一六二九～一七〇九）與陳維崧（一六二五～一六八二）。較諸這兩位明末遺民詩人，納蘭性德（一六五五～一六八五）生年晚了將近一紀。陳維崧的《湖海樓詞》一千八百闋出入北宋骨力，規橅宏肆，天才橫出；朱氏的《曝書亭詞》六百闋則鎔鑄南宋風調，清空醇雅，氣格端蒼。無論創作的面貌如何，兩者都是多產而集大成的豪傑。

反觀納蘭的《飲水集》（原名《側帽集》），其總數與陶詩差不多，通共不過一、兩百篇，然而清中葉的楊蓉裳（芳燦）說得好：「然花間逸格，原以少許勝人多許。」納蘭盛年不過三十而卒，然而以少作入詞史，與許多年登大耄的作者櫛鱗而論，卻絲毫不見遜色，這是因爲他天才獨運於詞之一體的「源始」——捕捉生命中極度敏感的剎那。所以會心者自能體認：即便是「說愁」，也有「詩不能及、賦不能到，唯詞可以強說之」的門檻。

在《飲水集》裡，可以很清楚地辨認，納蘭性德較早年的創作幾乎都是小令。那些膾炙人口的巨製，如〈金縷曲〉、〈大酺〉、〈沁園春〉、〈木蘭花慢〉等等，都密集出現於這個早熟又早夭的生命晚期，且絕大部份都是與同代而年齡稍長的詩詞儕流——如顧貞觀（一六三七～一七一四）、姜宸英

（一六二八～一六九九）等人——唱和而作，至於某些前代未見的「自度曲」詞牌（像是〈青山濕〉、〈湘靈鼓瑟〉等），也多出現在這個時期。然而，《飲水集》中引人復動人者，仍然是那些意象靈動跳脫、語言悽惻頑豔，而且說不準有甚麼深刻的滄桑感慨的青春之作。這一闋〈點絳脣〉是個典型的例子：

一種蛾眉，下弦不似初弦好。庾郎未老，何事傷心早。

素壁斜暉，竹影橫窗埽。空房悄，烏嚇欲曉，又下西樓了。

曉陽在青春年少的時候爲我們留下了《春在綠蕪中》，一如納蘭性德留下了〈點絳脣〉式的自問：「庾郎未老，何事傷心早？」老成人不會這樣問；老成人只會逞仗其橫秋老氣，嗤笑青春無事，耽溺哀愁，卻忘記那樣的「強說」，恰是尙未被江湖人事磨老、磨鈍、磨圓、磨滑的一顆心，隨時接受也發散著感動。用這種感動之心看人，便會發現平凡人出塵的神采。

比方說，曉陽寫一個近乎是絕了交的朋友，看來彼此無事，「被傷了心」也沒有可以名狀的恩怨，但是寥寥千把字卻道盡了一種因無謂而透見無情的失望，其溫潤如玉，卻犀利如刀。

再比方說，她寫千里迢迢跨海來台，初見「三三」的作者們，多少錯雜凌亂易愁善感的心緒，只因爲一曲笛樂沒能吹得如意，居然笛子也扔了、淚也落了，還憑空生出「眞的我根本不是他們世界裏的人，不知打那兒跑來附庸風雅的，恨不得立刻收拾行裝回家做俗人去。」的感觸。

對老師、阿姨，對年事稍長的姊姊和大表哥，甚至對年紀相彷彿而只見了一兩面的朋友，曉陽的孺慕之情也澎湃不已，這樣自然而然、不擇地皆可出的孺慕之情，大概會讓許多人有「恍如隔世」之感，在今日，這情感的確不常見。讀著這樣的文字，總讓我想起朱熹的弟子、著有《北溪字義》的南宋理學家陳淳曾經說過的一段話：「所謂敬者無他，只是此敬常存在這裏，不走作，不散慢，常惺地惺惺，便是敬。」

「惺惺」在此非但沒有作態之義，究其本解言之，反而是清醒、穎悟、靈動透澈的尊重。陳淳的這段話恰恰也解釋了曉陽年少的善感有一種深摯的內涵，一旦有了這一層體會，當我們再回頭追問：「庾郎未老，何事傷心早？」時，答案就很明朗了，由於孺慕之情總在生命的差距之上顯現，有時是歲月，有時是空間，即使是至親之人，也要畢現某種命中注定的陌生和隔閡。

而當曉陽還是個孩子的時候，就已經洞察了這一點，於是她在〈細說〉中這樣描寫無意間看見老師和同學們笑鬧的情景：

他背後不遠處有一扇窗戶，白雪似的光芒從那裏照射進來，因此辨不清他們的衣色面貌，只見一條條潑墨潑在那片眩目的白光中，潑出幾條鬼影來，有著夢境裏才有的神光離合。那些小女孩宛如一群快樂的小鬼魅。他幽幽影影地獨立中央，外面遍天遍地都是地老天荒。

我瞪視著眼前雪白的習作紙，身體內一股汩汩的寒冷，腦髓冰涼如折疊的刀鋒。

我們是多麼孤獨。

讀者容或應該非常緩慢地咀嚼曉陽的文字如何迎接這樣的孤獨，如何應對這樣的孤獨，如何貫串這樣的孤獨。有一段蕩氣迴腸的情景，堪爲曉陽孺慕的神韻作最鮮明的註腳。在〈明月何皎皎〉的文末，她寫萍水相逢的「明明」夜間前來送行：

她拿出手電照路。黑暗中她仍勾著我的手指，很緊的要你答
應她一些什麼的樣子。一圈黃光照出許多沙石泥土，兩雙腳營營追
著，卻怎麼都追不上。

一種蛾眉，下弦不似初弦好，因為我們從來追不上已經失去的青春。

作者序

這集子裏的文章寫於我的羞澀少年時。

少年心事千闋歌。太陽底下事事新鮮，樣樣可戀。與自身戀，與師友戀，與萬物戀。學校家庭，師友至親，無非繾綣。寫作無非都是感情用事。總是因爲心裏想著人，念著人，畫著人，我才動筆爲文。書中出現過的人物，不論是萍水相識、知己良朋、骨肉至親，都曾經伴我走過成長的歲月。

如果從最早寫成的〈春在綠蕪中〉一文算起，時間過去了將近三十年。香港業已改朝換代，網路稱霸全球。八、九十年代間我約有十個年頭是住在海外，一九九五年張愛玲去世時應該是人在澳洲雪梨，次年回流，此後除數次短暫離境一直在香港。九七港英交接、金融風暴、禽流感，我與香港民衆一起經歷了或至少在電視上目睹。未幾，哈利波特來了，千禧年來了，二十一世紀初來了。然後，九一一事件、沙士疫潮、伊拉克戰爭、印尼海嘯、四川大地震、北京奧運……而現在，金融海嘯，以及奧巴馬當選美國總統。

在個人方面，若單單說我的創作，直到二〇〇七年爲止幾乎完全處於停頓。曾經在某些日子，我完全聽不見外面世界的聲音，只聽見自身身體內、生命時計微弱的滴答。寫作變得次要又次要，儘管寫作的世界正發生著大變動。不知從何時起，寫書開始叫書寫，看書開始叫閱讀。預設後設，轟轟烈烈。等我想要把話頭接下去時，敢情一世的光陰已蹉跎了大半，欲說已不知從何說起。

那就細說從頭吧。尼采曾說，我們所說的話，都是爲了心裏面那已死的部份而說的。因爲曾經停筆如是之久，一切目前從事的寫作無可避免都是一種補述與回溯。趁著集子重出，何妨在此爲每個篇章續上個小小的「後傳」，略述前文成稿之後的年月裏、人事變遷的種種。雖續貂之嫌不能免，然而，人生能有幾個三十年呢。

春在綠蕪中

南鄉子

鍾曉陽

昔作少年遊，翠廊深處認回眸。
縱使相逢非故我，
今後、白首書成人人咒。
幾度上層樓，腰肢倚倦扶欄手。
凭欄衹思當時錯，
從頭、細說平生一段愁。

月亮像一根眼睫毛。

農曆新年，一個人跑去台北見天心。她是甚麼樣子，心裏完全沒底兒，可是一出機場就知道是她。她大概也「覺」出我來，一時卻不敢相認。我轉身假裝四處找人，她才上來喊我，兩下相視傻笑。陪她來的是阿丁和材俊。

上了車，天心坐在我旁邊，我只覺非常安定。她紮兩隻小髮束，慧黠的眼睛，俏挺的鼻子，相當有靈氣。又跟她貼得這般近，爽爽脆脆的笑聲傾傾叮叮落得我滿膝都是，終究搞不清是相逢還是重逢呢！她跟阿丁嚶嚶嚀嚀的聊著玩兒，又指指點點的告訴我哪座是觀音山，哪幢白白的是研究院。

阿丁也和我講話，巴喳巴喳又動作好多，我怎樣努力都沒法聽懂，心裏抱歉，只好很明白似的笑著。材俊話少，有一搭沒一搭的抽著煙，一邊頭髮披瀉下來像披頭四，比我想像中粗獷豪邁得多。

初到朱家即到後院看桃花。盈盈滿滿鬧得沒個駕馭，清淡的粉紅清淡的綴著天際，我跟天心說我小學校園也有一棵，桃紅的。「是呀？也有一棵！」她應著。我記得我一見它時總想起「桃花亂落如紅雨」。

過一些時候才見到天文。烏油油兩條大蔴花辮，臉如滿月，眉目間有貴氣，笑時抿著唇，總是善意。不知怎麼想起桃花江畔，荊扉柴門一女子，捧著衣服到溪岸洗，洗洗有一朵小黃花的溜溜從指間滑過，並不回顧，倒是花比人羞。女子忽然愛美起來，伸手往水裏一拈，把花別在鬢邊，臨水輕倩一笑，溫柔似水呵佳期如夢。

而我是要用嬌艷欲滴來形容天衣的。道地的山東大姊樣兒，高峻的顴骨，豐滿的面頰，深黑的眼眉斜飛入鬢，蘊著英氣。紅唇像石榴花汁濃得要滴要滴的，蘸一下未始不會染指成丹。她的笑容最見於形，可掬可撈，毫不含糊，嬌憨得青春鮮烈。一天清早群狗（十一隻）打架，吠聲震天，不巧阿姨回外婆家了，我縮在一旁無力干涉，天衣的房門「刷」一聲開了，她一件帶帽晨褸裹著高挑的身材，光著一雙白皙小腿大腳丫，一掉頭抄起拐杖就朝狗打，邊輕吼道：「你敢再吵！毛毛都是你帶頭，還不給我滾……」這時雲髮未弄，撩到耳後披瀉下來，半遮桃腮，那種狼狽的年輕，彷彿荳蔻梢頭開一枝滿花，春意熱鬧，叫人眼前一亮，不禁心中猜疑：是個甚麼女子潑辣又惺忪？

那天晚上山田請吃飯，有一道菜像是螺肉，裏面大大小小都是紫白的螺蓋，我和阿丁收集了一堆砌圖案，不料一個疏忽讓侍應生撿走了，倒是第二天馬三哥抹乾淨了送我兩顆，到此覺得他是少有的細膩有情趣的人。第一天晚上便和他聊到半夜三點，四周黑風苦雨，我哆嗦著打抖，望望窗外，回頭燈下是西窗剪燭及巴山夜雨的場景。他看看我腳上的凍瘡，握握我的手，說很纖瘦，抽沒煙味的煙，吃幾粒巧克力……那夜眞是叫人牽情。

朱家的日子端的是閒散寫意，不必組織卻有內涵，不似我家豆腐方塊一樣的規律化，然而一大捆日子似乎甚麼都沒有。那裏隨時有歌聲傳來，材俊的「渭城朝雨浥輕塵，客舍青青柳色新……」，有洛陽古思，聽聽便魂飛關山。天衣亦是愛唱，嬝嬝歌聲直要穿破屋頂雲遊去，卻反而不離開了，就在那兒繞呀繞的。廚房裏阿姨做飯的器皿也敲出家常一幅好圖畫。還有阿姨天衣的哄狗聲。偶爾急風掠過，後山嘩啦啦一陣沙沙葉響，我會以爲是下雨，驚詫不已，待它又靜下來，仍舊有歌聲飄飄繞繞。

年初三南下。天心、材俊、阿丁都只收拾了一個小包包，獨我那個大了好幾倍，挺有份量，兩個男生爭著要提，我不好意思極了，便不讓，推推拉拉了好幾次。

坐公路局車，我靠窗，窗外是稻野綠綠茫茫的漫開去沒個止境，綴著小徑茅房，好田園的一種感覺。有時候有山，有時候沒有，有也多半是綠岫青峰，沒有水也叫人想起山明水秀。我喜歡那油菜花田，一畦一畦疏落得不像話，嫩黃嫩黃的霸道不羈，萬綠中硬是招搖，約是屬於陽光的東西。屬於月亮的也有，比如修竹小橋。芭蕉則是雨的。一程一程都過去了，那田田陰綠還是不斷湮上來湮上來，直是不留情了，不讓我離開了；而我是不要離開的，我的思念都在那裏面，我要在那阡陌上跑個千年萬年，就住在那茅草房裏。那是隆中，我們在裏頭定下天下大計。

到了屏東，天心他們童心大起，買了兩枝轉輪槍，在夜街上叭叭叭的打將起來。如果美國有一樣東西是我喜歡的，那就是古老的西部牛仔。常是日落黃昏，一片野漠山區映成金黃，馬蹄得得踢起流浪小調，鞍上人的半生都是訴不完的傳奇。

走在阿丁爸爸的糖廠裏，夾道是樹，天心指給我看哪棵是菩提，黑黑糊糊的也看不分明，要聯想釋迦亦不可能。日光燈織成一流兜頭淋下，一地透明像展開的一軸白絹，四個人四條人影忽前忽後的晃動，彷彿行在霧中的魑魅魍魎。阿丁跟材俊玩死亡遊戲，「獵鹿者」裏那種，對準太陽穴閉眼一發。人家材俊只中一槍，阿丁好倒霉，連中十三槍，持槍的架勢像執一根火柴，十足一隻瘸腳貓。

因爲這般好夜色，天心喊我吹笛子。卻是沒風，陽台門又開不了，只好乘他們不在試吹一陣，誰知一起頭便不對勁，讓甚麼卡住了似的，不比往常的順溜。隔壁房的動靜倏地沉寂下來，示意他們在聽。我急得心裏發燙，死吹強吹的硬逼，搞得冒汗，更犯大忌。一氣之下，拚死擦它一擦。門口有聲響，飛快偷瞄一眼，是材俊，他們都陸續進來了，急得只是發慌，後來簡直不曉得自己在胡吹個甚麼勁兒，撮個風門吹空氣。偷生賴活的掙扎半晌，明知時機已過，再吹也無用，笛子一丟，淚也落了。真的我根本不是他們世界裏的人，不知打那兒跑來附庸風雅的，恨不得立刻收拾行裝回家做俗人去。可是他們在想甚麼呢？

第二天材俊非常討厭我，也不睬我，也不爭著提東西，站在麵包樹下拍照，頭髮鬆鬆的蓋掉半邊額，滿樹巴掌大的猩紅葉子落得好奢侈，不知像那一門子的麵包。兩人面對面坐著也悄靜無話，我吃著極不好吃的酸梅冰棒。記得初見材俊覺得不大適應。他的鼻子大一號，有稜有角，乍看上去只見鼻子不見眼睛。除下眼鏡像印度王子，會吹喇叭舞蛇。第一個跟我長談的是他，那時天心在一旁練毛筆字。他兩手置在膝蓋上端坐，很有道理似的笑著，眼睛沒有了，燈光從鏡片上反射出來閃閃濛濛。講話一個拍子，帶著鄉音，嘴唇抿成一線，老像汪著口涎，頭便很有道理似的一諾一諾。講我們中國《禮記》：為甚麼中國人飲酒前要有那許多禮節？那是因了要知道節制。

禮節一多，就算成日喝酒也不可能喝得怎樣。飲酒亦是要知道節制才是好的。

在台南會合了林端呂愛華，便一塊兒啓程到台東。呂愛華有少見的白淨臉，笑時唇角塌掛下來。卿從韓國來，終有韓國味，是韓國採高麗蔘的女郎，晝夜不分的戴頂寬邊草帽，東碰西碰的受人排擠，好不可憐！呂愛華亦是不智，盡讓草帽喧賓奪主，我們找她都先找草帽。

車子沿著東海岸走，綠田外即是太平洋，汪洋大海都只是一線，卻眞是有一份壯麗等著我們瞧。海風越過莊稼撲面吹來眞是香，天心一蹬一蹬的不安分了，連聲叫好，那喜悅能夠傳染得全車都沸沸揚揚，我看著好高興，卻是作聲不得了，只管自己心裏翻得要疼，面對好景，就是作聲不得！

外面水天過分計較，清清楚楚的劃分界域，整條地平線玲瓏剔透鑲上去的一般，海是滾邊水綢裙，婉婉盈盈唱著千古霓裳羽衣曲。有甚麼可看的天心總是揚聲叫阿丁，那裏那裏的喊，我想我是把他們隔了。

在台東住在朋友處，四樓房頂望出去是市井人家，遠山含笑。當晚與阿丁直聊到四點才睡。北斗星原本在我腦後，再抬眼，竟跨了一大步，在阿丁頭殼上了。阿丁是迷糊相，眼睛鼻子嘴巴全沒個性，偏偏湊到一塊兒挺端得住。

那時風眞好，好想吹笛子，卻不敢斗膽了。夜街上偶爾有單車一溜過去，吱呀一唱，是台東市的陳舊寒傖在車輪上痕印深深，總有燈光輕柔的鋪上霜白，照著夜歸人的路。和阿丁談三毛，談得好心酸。記得那個冷冷的晚上到三毛家，她一開門大喊我一聲，回身一退，斜著大眼笑著瞧我，我一驚，才眞算在三毛家落了實腳，笑著也沒甚麼說的，單單翻眼覷她，不知已認識多久，那種態勢眞是一發不可收拾了。

我因爲怕冷，三毛給我席地弄了一窩被，我便蜷在裏頭一張張揭她和荷西的照片，聽她們講一些鬼氣森森的話，照片卻是明亮的沙漠，光潔的天空，健康的荷西……我想三毛縱然傷心，也還是沒有委屈的，她該是永遠與委屈連不上關係的，像江河的一發不可收拾，這是她的本色。而阿丁自有思量，他說像他和材俊這般要好法兒，也還是各人有各人的井然世界，兩人處在一淘照樣好得不得了。人情本來就是如此大方無限。如三毛與荷西，到了後期互相只有對方，幾乎與外界隔絕，把人世該有的廣闊敞亮變狹隘了，深情一旦到了不拔的地步便非常危險，那是連天也不容的。

阿丁還是用那種快速度的口型動作跟我講話，他是那種正經起來就叫人不習慣的男孩。海風鹹鹹澀澀的撲撲吹，台東市是熟睡了，想三毛也已熟睡了……她穿一襲及地長袍在沙漠上散步，頭髮很盛，披在肩上肩更薄削……荷西把腦袋瓜塞在雪白的枕頭裏說恨不得這也是一隻餃子……不知西班牙今夜夜色如何……唉唉！阿丁！我睏了，我不懂！和衣睡吧！反正百種千般，懶得從頭道。

富岡是海防區，一道堤壩橫臥在那裏，壩下是灘頭，灘外是海。這天雲很重，站在堤上很有點蒼涼。走盡長堤，滿眼天涯路。海風沒有鹹味，呼呼噓噓的一逕吹打，扳得草帽伏在肩後，長髮往外直揚，不曉得自己是個甚麼樣子。灘上怪石嶙峋，平常遇到這些險峻地勢我膽子最大，不顧死活，躍上蹦下的乾淨俐落。此刻在衆男孩兒中卻又有了三分柔弱，很自然的沒那麼威風了。石頭從海邊排上來，由小至大，由密至疏，十分樸拙原始，針敍碗盤都用石頭做的時代，其中有好些無可稽考的秘密。

那天浪好大，近岸的作粉藍色，擊在石上濺起一天一地的泡泡碎花，濕人衣襟逗人情思，奇怪我卻沒甚思想，看看天，看看海，皆絕對得叫人不起疑問。藍色眞眞是好看，天藍海藍都好，不光是情調問題，而是自然得不覺得它是顏色一種。後來我發現我每篇小說裏的男孩都愛穿天藍衣寶藍褲。

遠山上有一棵樹，樹旁一幢小屋，雲本來都聚在屋角，不知怎麼竟愈纏愈低，沒一刻淒淒迷迷的把它蓋個牢牢，我心裏唸著唸著，卻也沒講。在淡水時也一樣，一間廟宇霸辣鮮明的架在草坪上，雲一來便轉柔和了，一看是哪一處的仙島呢！竟就不安起來，心裏徘徊得發緊，倒是天文說：「喂！像蓬萊仙島吔！」替我說了出來了。常常是這樣子，顯得我是個沒感覺的。

離開富岡，沒甚麼離情別緒。天是天，海是海，留不住的。而他們在唱一首毫不應景的歌：在那銀色沙灘上，灑著銀白月光，尋找往事蹤影，往事蹤影迷茫，尋找往事蹤影，往事蹤影迷茫……

那晚上天空拎著一鈎眉月，又大又黃，我問阿丁為甚麼會那麼黃，他說是剛昇起的緣故。又問他是上弦月是下弦月，他說是上弦月。我第一次見一塊低低黃黃的煎餅蹲在房頂，以為是街燈，瞧瞧不像，是月亮，簡直驚訝，竟吃吃的笑起來。月圓月缺對我是沒關係的，我喜歡月牙兒，楚楚動人，一彎如唇，一葉似小舟，再細一點則像眼睫毛，西施跟范蠡夜闌私語時不小心落下的，好心疼，四下找呀找不到，一回頭，它正在天邊笑嘻嘻呢！

「阿丁努力！」

阿丁在爬一棵檳榔樹，手攀在上頭，腳板夾著樹幹往上一掙一掙，爬爬接不上力，猴子樣的抱樹而望，倒像底下有一隻老虎威脅著。樹幹不好滑，下來時半天裏吊吊蕩蕩，好難看！

檳榔這名字很好，可惜不好吃。這裏一畝全是，一列列精神筆挺，十分乾淨的熱帶風情，該是女孩都著上沙龍，跳那種沒骨頭的舞。剛好我的英文譯名是沙龍。

採香菇才眞是經歷。香菇都種在木頭上，木名忘了，坡下排到坡上，每行是兩排木背對背倚著，四周垂簾般垂了乾葉子。踏進去有一股乾乾香香的味道，觸目盡是濕泥巴，原始得很鄉土。因為年節剛過，香菇吃的吃了，賣的賣了，沒剩下多少。我和阿丁比賽，一人攻一行，傴著身子探頭尋索，眼都睜累了，倒是冒牌的比眞貨來得多。覺得是童話世界，不一定甚麼時候跳出一棵紅底白點的，定定有毒。最危險最害人的東西都最漂亮，包括女孩子。

最後我和阿丁都坍台了，每人不過三。材俊那株最大，摸起來軟軟茸茸又癢癢的，是天心的相思藥。

這來去兩程把我累得不得了，老是落單，都阿丁陪著，跟材俊好遠好遠，根本沒講過一句話。眞的我亂怕別人不喜歡我，就算有也不可讓我知道。等公車時他們擠到小店外抽獎，材俊運氣好，抽到紅豆丸子。天心給我一顆，不怎麼樣。後來材俊捧來一把，叫我拿。我取一顆，「再拿！」我再取一顆，「再拿！」我又取一顆，這樣他才罷休。吃吃竟是異樣好吃，暗怪自己敏感，人家都沒甚麼，倒自個兒生出這許多是非，其實怎麼會！大除夕材俊還給我紅封包，還給我《史記》，還告訴我他家鄉宜蘭，總是小雨不斷。

走的那一天特別心神不定，有甚麼牽絆似的。東整整，西弄弄，到底沒有可忘的了。牛肉乾豬肉乾都袋好，洛神花擱在上頭，隨身行李就僅這些，相機揹著，皮包也是，完全沒問題了。怎麼都沒問題呢？和阿丁電話道別：嘻嘻，再見啊，暑假回來啊，好呀，嘻嘻……天文抱胸站在那兒，戴著金絲眼鏡，長髮挽在耳後，似笑非笑的不知想些甚麼。她說過要跟我三生三世的呀！怎麼不像呢？他們家總是訪客盈門，總有人慕名而至，該不會對我特別的了！而此刻的天文，如此端莊俏淑，我就這樣走過，豈非辜負！不行呢！我一個轉身說「天文再見」，她很大姊的哈哈笑開來，拍拍我的手，好好，再見……

我想我也要大志從此立了，如今雲奔千里，明天又該是一個好風日吧。

一九八二・五・十五

《大拇指》第一五六期，曾刊於瑪利諾修院學校校內刊物《思萃》

月亮像一根眼睫毛——後傳

怎麼忘記得了呢？當年台灣少女作家朱天心作《擊壤歌》，大風起兮刮雜雜風靡全台灣學子如一場胡士托音樂會，十六歲的我也被這陣大風捲起提隻皮箱隻身從香港跑到台灣，就此認識了朱家姊妹及衆文友。在那朱家客廳，常是一票如花似玉俊男美女吱喳喳穿梭於一屋貓狗間，朱西甯老師不怕鬧的叼根煙斗背隅默坐，皓首童顏教我好懷疑是川端康成復活了老忍不住拿眼角瞟他。轉身回眸一瞥間，賢者已逝，當日剛剛騷動欲起的青年俊彥已個個成就斐然。朗朗冬日裏台東台南把臂遊，短短十數天的相聚，就此開始了我與台灣往後數十年的緣份，且似乎仍在繼續衍生更多的新緣新事。

二〇〇八年十月重訪台灣才又老朋友聚首，和上次已相隔十二年。他們個個都好，雖明顯都百劫風波千回酒醒了。一夕相聚的此情此景，得來不易。也幸好朋友的形貌都舒適的微調了，不然眞要以爲是夢遇。人還是那個人，不管外表厚積了多少歲月風霜，久遠以前那俊秀原形還完好如初在那裏。今昔重疊中那臉，那顰笑，那眼波，何似久別。青春作伴好還鄉啊，又何嘗不是青春年少十幾二十歲的我們再度圍坐在一起。

春在綠蕪中。

話說李生，是個歷史人物。在一間寬敞向陽的課室裏，一張張書桌蠟亮晶瑩，有著孩童的稚喜，陽光進門兜頭一灑，彼此喧笑中把外面的春色整個搬進來了。這是李生的世界，前進光明的，他教我們歷史像初春的奔放無盡意，搬弄春色般的搬弄歷史的興亡貴賤，千秋公論自在我們眼前分曉了，但我們亦可有自己的主張。

一上中學他就在，中四教我英史，而眞正生起師生緣份的還是中五他當我班任導師那一年。中五前，或在廊上偶然碰見，或經過課室聽見他流利的英語，或放學同路，然而總不認識；甚至中四上我的英史分數老是遙遙領前，他也知道有我這個人，然而照面還是不認識。午膳時間總見他夥同一群男老師浩浩蕩蕩的泡餐館去，他最矮，但他帶頭，邁著小短腿三尺一步，永遠在一種速戰速決的戰時氣氛之中，如旋風的捲來急去，做甚麼都衝鋒陷陣似的，好叫人爲他緊張。

而我是眞喜歡他在課堂上的意氣風發，歷史的風月在他的話裏最是關情，歷史人物因而與我們都有了干係，他們悲的喜的我們都要過問。講到激動處常常弄斷好幾支粉筆，前排的同學便忙著給他撿。他的幽默淺而不俗，輕輕帶過，不留印象，他自己卻不笑，他笑的時候我們多半不知原委，只見他塌鼻上的黑框眼鏡悄悄反光，一甩髮一豎指都似乎是歷史的憤忿之氣，要在今世印證個明白。一課下來，黑板上擠擠是歷史的名目，加線加圈加框框，威廉二世希特勒都如此顯赫昭彰過。聽他的課如聽說書的刺激鬥麗，茶樓裏煙濁茶香，說書的卷已盡，吃茶的茶已殘，他是這樣一個不分時勢而時勢造成的歷史人物。凡有功績成敗的梟雄他都有一份敬，亦有諸般成見，人家有任何劣陋不堪，他都挺身出來，皺眉頭，道：「我極看不起這人……」

當我們班任導師則是另一風格，每早進來先打開窗戶，有事先稟、無話各自爲政，我們的事他從不多搭理，學校有通告他知會了我們便罷，彷彿只是客來小城偶爾興至進來顯顯本領的，與這學校並無絲毫瓜葛。其實大小瑣事他哪有不知，不過不屑和俗務交涉，隨我們胡天胡地，我們看在他的寬容面上自也不便過份。他是拿破崙的短小精悍型，事情到他手上總會有個了結，也了結得快；但含糊起來也急煞旁人，盡是攤掌搖頭不知道，班上因此錯過許多消息，他還照犯不悟；而拿破崙的雄才偉略，他盡用在學問上了，那麼拿破崙的一段情債，他又欠在哪個女子頭上呢？

班上的一個女孩倒眞爲他痴迷，早已傳爲佳話，恰巧女孩姓李，衆人視作有緣。女孩是一等一的人才，英語文學皆是頂尖兒，所寫的英文詩傳誦一時。胖圓的一團粉肉，架隻淺色膠框眼鏡，闊嘴方臉，因爲沒有腰身，走路時的扭捏便移到肩臂上，愈發如螃蟹橫行。每每鑽營一些問題合他研究，一副正里巴經做學問的樣子，回來時臉蛋嘟嘟紅，同學當作彼此相悅。以後凡考試延期等事都推她爲代表，認爲面子最大的不過此姝。

他多少聽到點風聲，卻影響全無，顯然是個不動心的。學生在他面前只有一個姓氏，一個名號，各人的嘴臉行爲在他心裏雖然分明，但平日的交接往還中並沒有厚薄之分，一視同仁到可怕的境地，所以學期終同學一窩蜂找他簽紀念冊，我卻不，因爲那頁上全是不新鮮的名人雋語，我是不簽則已，一簽只可是秘密，無人窺曉，他與學生既無師生之情，與學校又無主僱之恩，這般情寡的人，如果有一天情鍾於一物一人，這份情鍾當是非比尋常的。

中五上的開學野火會，他被邀來監管我們。到時才十來人，廣場上寥落的擺著一張桌子，上擱一包麵包，幾隻紙杯，地上一堆煤炭磚頭，還沒開始便已像曲終人散。遠遠便瞧見他，穿白褲草綠方格襯衫，年輕得像個小子。男老師中獨他衣著最講究，穿得體面，配色也調和，黑配白，寶藍配淺藍，跟我脾胃相近呢！等人之際他閒得無聊，草坪上來了一隻野貓，他便逗牠玩去了，蠻興趣盎然似的，班長說：「他寧願對著貓都不對著我們。」我看著他年輕的身子暮色裏愈來愈濛黯了，看著他斜披的額髮掩到暮色後了，想，我們大概是不及貓好。

火生得不旺，在衆人膚上燒成橘紅，風一撩撥火星子便四出爲害，他嫌女孩力弱，接過疊厚了的報紙搧火，背上糊了一大灘汗水。火於是旺了，漸漸便有烤熟的肉香濃濃的漾開來。我是個胃不好的，沒能湊著吃，只見他用潔面紙把叉子擦得閃淨，平叉住一塊牛排，不知哪裏弄來了兩張雪白的習作紙，在長板凳上鋪妥貼了才落坐，後來半立起來拿汽水，正巧一陣小鬼風把紙掀飛了，他擰頭望兩望，一隻腳跨過椅子踏個弓箭步拾了去，小心鋪整齊了。我這才曉得他有著比女孩厲害好幾倍的潔癖，如他日常爲人的衛生有條理，不禁痛惜起來。這麼愛清潔的人，塵世的污穢落在他身上豈不招他嫌厭！

一次教東亞史，他說：「我現在用英語教你們中國歷史，自己都不知道是好氣還是好笑。」聽了不覺心驚。原來在我眼前就有一個故園思想起的人，在香港這個走國際路線的地方浸淫多年，仍然不失本位，從此對他更是另眼相看了。

過了三個月，慣例須見家長，這回是抽見，不知怎麼抽到了我，約定早上七點五十五分。跟媽在教員室的廊上略等了等，他即過來招呼，穿巧克力色西裝褲，同色大方格絨褸，挺帥，可惜小不點兒，古來有異能之人，多半是這一型的。我在外邊等，鄰校的男生在打籃球，拍拍拍的直襲過這廂，猛地從裏間傳來哈哈哈的大笑聲，是他的，極短極強，與他平常說話一樣，一句長的得分幾節，拍子極快極穩。我心下叨咕不知甚麼惹他這場好笑，聽得出不是敷衍那套的。

媽出來第一句話便說：「他挺欣賞你喔！」我不大信，想他平日的無情無義，卻也高興。爲要肯定，便磨著媽從實招來，挽著她的手聽她從頭道起：他說我功課沒問題，英文稍爲偏低，但不要緊，如果是他，會給高一點分數，這些是聒絮了。他不敢待學生那樣的待我，早已視我爲知識分子了，只是太靜太靜，靜得離譜，有時候希望我提出問題或作答，在同學間能起作用，可是我偏不作聲，那些不懂的，偏又搶先發言。現今我走的是學者路線，好是好，走火入魔則不，再活潑一些些都好，免得孤立自己。問我看不看電視，媽說不大看，近日惟愛「金刀情俠」，認爲畫面「像詩一樣美」，他就哈哈大笑，約是笑小兒幼稚，我跺了媽一大腳，怨她怎麼這麼老實，連這都講，可有多羞人哪！又問看不看電影，媽說看，但要揀擇，甚麼都要揀擇。他又大笑，嘴裏低唸：「難搞了！」

我獨不愛「知識分子」四字，聽著刺耳，反而反覆想他笑我看「金刀情俠」，想完了笑，笑完了想，玩味不盡。這之後他沒再叫我起來作答了。

快模擬考時託他替我寫推薦書，他一口應承了，過幾天沒回覆，趁著沒課到教員室走一遭，他在看報，大概把這事丟了老久了，一見我恍然記起，答應第二天辦妥，誰知下一節才下課，正在收拾東西，有人碰碰我的胳膊，一回頭竟是他，手裏拿著白信封，交給我，低低的跟我說不要讓外人看，自己看或家人看就好了。我很開心，覺得是個秘密，好像小孩子在死黨耳根搗著嘴說：「告訴你一件事，你不要告人聽耶……」

推薦書後來沒用上，而我是要好好藏它一輩子的，叫自己每次看了臉上都發燙。其實我哪有他說的那樣好呢，可以當作家學者，進最高等的大學是我最起碼的待遇，我才不要呢！我向來是不喜歡那名分的，重得會把人壓死。我只要閒閒的過日子，閒閒的生活。不知他給別人寫的推薦書是怎樣的呢！不知他寫了可也跟那人低低的說：「不要給外人看！」

中五的最後幾天我是很捨不得他的，說不出哪般，總之不想見不著，很執著的。發模擬考成績單前夕我念頭一動，決定不去了。我有一個想法：如果最後一天沒去，豈不永遠不會與他別過！便左哄右誘的央媽替我取成績單。我一向的怪僻行徑媽是習慣了的，而且看我難得欣賞人，便依了我，臨行又千叮萬嚀要她精靈些，多問出些話來。

媽媽到時他不在，過一刻回來了，卻是認得，招呼一聲鍾太，問是何事。媽說女兒因為緊張，病了。他笑說：「是呀，不要緊吧！叫她多多保重啊，考試病了可不成。」

「是呢，」媽說：「上中六沒問題吧！」

「沒問題，她不特在班上是好的，在級上也是好的，不用擔心了。那麼，我把成績單給你吧。」

我當下悶聲不響，嗔媽辦事不力，談這麼些不私人的話，不止小羊的媽去是這些，小貓小狗的媽也是這些囉！媽頂我道：「那你想怎樣？難道要我問：『你對我女兒的印象如何呀？』這樣子呀！」我亦無話。

不過有一首歌我忘了送他，是英國民歌，他第一次會面那天，經過音樂室聽到的：

I'll walk in the low road and you'll walk the high road. And I'll be in. Scotland before you ……

再見李念！

中五一年忽然跟媽異常親近，姊妹花一般的出雙入對。她脊椎有毛病，得睡硬挺一類的床，闔家只有我房裏那張差強人意，便搬來與我同室。兩個女的走到一塊兒自然花樣多，晚上睡不著覺便鬧扯到半夜，抬槓，吃水果，聽歌。

她是個多心又沒主意的。看人家當歌星的風光體面，便說：「我也要當歌星，唱那麼好聽的歌。」看人家當明星的綽約多姿，又說：「當明星眞好，多姿多采的。」說的時候也認眞，覺得自己眞可以做得來，沒有機緣罷了。我晚上在陽台吹笛子，吹起了她的妒慕之心，自己買一支長長的洞簫，跟我借了「簫笛練習法」，每天洗澡前在房裏呼哧呼哧的大吹特吹，吹吹到底沒長進，把簫扔到枱角上吃塵去了，倒也心安理得。後來覺得三毛的四海爲家很有個性，告訴我說：「要不是有你們，我早就一個人揹著背包流浪去囉！」但我深深知道媽就算此生無家無業，也是過不了那種浪蕩生活的，她有那種剛強，卻沒有那股不羈；她有那種魄力，卻沒有那份氣概。

自此她得著一個習慣，下午回家必得到我書房裏聊一刻鐘，告訴我她遇到甚麼事，收到甚麼信，受到甚麼委屈，講到傷心自憐之處便落了淚，我急得擁著她瘦削的肩撫她哄她別哭，她卻兀自哭得淚人兒一般，此時我感到自己強大得像個男子漢，要今生今世疼著我懷裏這個小小的她。

媽喜歡找新鮮活兒幹，讓生活永遠起伏有致。比如前不久與人合資開餐廳，一年下來虧了老本，頂出去了，單單圖個做活時的憂喜跌宕，也不讓成敗牽絆個無了期。倒十分抱怨英文沒能學上，到別的地方可怎麼好！於是一心一意的找英語班報了名，趁中午吃飯的空檔拎著課本上學去了。她就是這樣隨喜衝動，又三心兩意得像個未經世故的小孩兒，好比弄一碟茄子的菜式，人家胡亂把茄子削了皮加油炒熟了便算，她不，她要添一匙糖，因爲她喜歡甜味兒；加一小撮鹽，要那鹹味兒；灑一些胡椒，愛那潑辣勁兒；淋少許醋，吃那醋勁兒；還要切碎的大蒜，是那東北鄉愁。

媽晚上還得上班，卻脫不了好熱鬧好玩的品性，常常兩人巴巴的趕一場九點半的電影，我先去買票，搜購零嘴，然後等她，像在等女朋友。人叢中她是很打眼的，化淡妝，戴銀絲眼鏡，清清富富，輕盈似一枝花，我愛這樣想她。尤其穿了那件灰綠的窄腰連身裙，裙裾一轉，彷彿荷葉開展，更見風情。片子多半不好，但我總不忘記「畢業生」裏德斯汀荷夫曼千里迢迢去找那女孩，還不曾相認，只遙遙的望著女孩的長髮在陽光下飛舞，空闊的一片晴天和校園，女孩不經意的笑著走著生活著，幕後有保羅西門的歌聲悠悠響起：「叫她去給我製一件麻布襯衫，上面要沒有縫紉的痕跡卻要最好的刺繡……叫她把襯衫曬乾，在那棵自亞當出世後便沒有結過果實的山櫨樹上，然後她將會是我的摯愛……」我也喜歡最後一幕德斯汀和著一身白紗的女孩坐在公車上，愣瞪著大眼，笑笑的，那樣子很無知，好像不知道剛才做過甚麼事，事情的目的已經忘了，而他們有更遠的地方要去。

散場後我們總要吃東西，在附近吃餛飩麵、三明治、熱騰騰的腸粉，或坐計程車到潮洲酒樓吃酥炸春卷。我們兩個都愛吃五芳齋的擂沙丸，是炒黃豆粉裹蒸湯圓，香死人的。

我吃東西向來著重「鍋氣」，所以東西剛出爐先要招待我，涼了我便失去興致，幾乎成病，雖然媽說食道燙爛了會生食道癌。一次吃葡萄包，我受不得它冷卻，撕一塊放回烤爐裏，撕一塊又放回烤爐裏，媽啐道：「那你躲到烤爐裏吃好了！」

家裏只有我和媽有思鄉病，坐到一塊兒就聊東北，計劃甚麼時候包餃子，燴豆腐腦，到甚麼甚麼地方吃蔥油餅烤饅頭火勺炸醬麵。她常告訴我東北的高麗麵、盌托涼粉和綠豆丸子。初春三月遍野是梨樹開花，白白黃黃的碎瓣紛紛亂落，還有野生的唧唧花，把花瓣磨勻了塗在指甲上，用葉條子縛緊，幾小時後拆下來，指甲好像塗了蔻丹一般。

家後有賣腸粉的，非常乾淨，醬料也給得多。那天清早跟媽走長長彎彎的斜坡去，路上飄著不大不小的雨點，媽打起紅底灰紋的陽傘，與我一把傘下慢慢走。她穿寶藍紡紗的連身裙，輕盈如蝶。兩旁的小草一排排逕自點頭招呼，媽是一朵蝶兒草上飛。

我最不能忘會考考數學那天掛三號風球，試場外的鳳凰花起勁的搧搧抖抖，一出來媽竟意外來接，撐一把大花陽傘，頭髮蓬蓬鬆的絞纏一片，我一縮頭躲到傘下去了。我喜歡大風的日子，頭髮紙張衣裙亂飛亂揚，世界是匆忙又熱烈。

很多個早上和爸爸捧著球興沖沖跑到籃球場，天空裏是灰忽忽的滾動的雲，挨著鳳凰木的細巧葉子一挫一挫，開局止局都是這不變動的景致。場邊有幾棵洋紫荊，約是頹萎了的，四季沒個開處，不過我們不管那花月之事，球場上只合設計施略。一局十球，爸爸讓我八球，我勝兩球便算贏一局，非常不像話。不過我比不得他高，老是要投的時候便被他一掌擋住，少不得又要使蠻，擠他或者踢他，兩人推推撞撞不正經打，往往爲了這個力竭而喘。爸爸好逞能，有幾式絕招：拍球把球運過腿彎胯下。奈何功夫不到家，我只須往他腳跟後一蹲，球便自他胯下彈到我懷裏了，兩人又一場好笑。這時我總怕別人把爸爸搶去。球場上也有踢足球的，常有一幫人在那兒玩，爸爸會癡癡的看，人家的球越界過來他便踴躍的一腳踹了去，以至我十分仇視那幫人，想爸爸有一天加入他們就不跟我玩了。又有一次我邀一個男孩兒來打，結果盡是他跟爸爸球來球往，把我擱在一旁，我以後便不再叫他了。

打完球總在附近買幾根油條或蓮蓉包馬拉糕回家當早點，熱烘烘的捧在懷裏，常常忍不得在車裏吃將起來。

爸爸近年特愛種花，下班回來常帶些種籽肥料，或人家折了不要的小枝小節，也有長的，也有不長的，晨昏夙夕都見他在陽台上料理。他是印尼華僑，素性愛大黃大綠大紅大紫，愛鑽石玫瑰的高貴榮華，不愛百合的孤芳蒼白。我花品與他不同，自也難與他的花親近，若問我意見，都說好看，而他夙夕晨昏都兀自料理著花兒，對生活是稱心滿意極了，也不求旁騖，目下只有一段可見的路要他種花種下去，遠一點望不到的是日後的事了，那麼視野所及的該是如何之景呢，大黃大綠大紅還是大紫？

去年夏初，媽媽到外地旅行，家裏只剩下爸爸、小妹和我。爸爸父兼母職，連我們吃的喝的也得略管了，不知怎麼竟都忽然拘謹起來，對話老有青黃不接之虞，好像生疏了，久違了，連對方不愛吃甚麼都不曉得。那天下著雨，他領我們吃越南小吃，都要了牛肉米粉，卻是湯沒暖透，牛肉半生不熟的，爸爸大著嗓子數落了那女掌櫃的一頓，那女的低聲下氣賠不是，爸爸還罵個不休，那女的就惱了，冷著臉哼也不哼，覷空兒頂一兩句。後來又叫了椰青，爸爸叭叭叭的替我們把嫩椰肉刮下來，本說肚子不好不吃，忍不住饞又吃幾口，然後餵小妹一口，餵我一口。眞眞我們本是三父女相依爲命，全用一隻調羹。

三人只攜了一把傘，只好由爸爸抱著小妹，我撐傘。雨道上佈滿一溝溝的污水，三人劈哩拍啦雞飛狗走的衝來衝去，肩膊褲腳全濕了，到一個廊簷歇一站，也不說話，打一發眼色又走，是風雨患難中一點相知相契。

我愛看爸爸大把大把的花錢買東西給我們，不怕它千金散盡，只管這個也要，那個也要；爸爸也愛大把大把的花錢給我們買東西，知道它千金散盡還復來，於是這個也給，那個也給，給得我們不好意思起來，又不好意思不要。買東西，男的愛大量買，女的愛酌量買，是有這分別。

我年幼的時候睡午覺總挑下午五點過後，爸爸快歇班回來，我多半仍未醒，他會進房叫我起來吃飯。我獨愛爸爸叫我，醒了也裝睡等著。他不像媽媽吵天喧地的打人家屁股轟人起來，他會很輕的坐在床沿，好玩的撥我頭髮，呵我癢，掐我脖子，拔我鼻子；還有溫柔的，親我的臉蛋額頭嘴巴，說：「唔——小羊還有奶味。」

放學湊上爸爸上班的時間，便左顧右盼的想碰見，碰見了也沒怎麼，就是開心，看著他油光膩亮的禿額一蹬一蹬的下坡，街上就擁親起來。現在大了，是我親他，一刺刺的鬚樁子好癢人。

爸爸帶人跳華爾滋慢四步最是叫人醉倒，他身子瘦，步伐輕，舞伴完全沒壓力，很能夠揮發自如。日光燈銀銀暈暈的網了遍地，華爾滋莊重哀矜的樂聲忽然使我悲傷得想哭，爸爸抿唇孩氣的笑著，乾脆打發了意識，任他帶著一轉又一轉，一轉又一轉……

一九八一・五・一
《大拇指》第一三六期

春在綠蕪中——後傳

我和李念老師沒見面已二十多年，上次重逢是在母校校園的青草地。

那得感謝香港電台找我拍節目。我剛念完大學從美國回香港沒兩年，尙是以自雇形式在家寫作，香港電台要拍一個介紹本地文化工作者的系列文化特輯，找我當了其中一集的專題人物，講講家庭背景、求學歷程、出道經過等……相當於一個人物素描。導演邀得李老師擔任訪問嘉賓，是這樣我知道他一直在原來的學校任教。自畢業後我一次沒回過母校，卻再也想不到是在這樣汗顏的情況下重踏校園，以作家身份混上電視當主角，由昔日老師追憶識字啓蒙時。那段訪問特別安排在母校拍，本來那天沒我的戲份，我可以不必到現場，但我還是去了，爲了見見老師。

故園依舊——

拍攝正進行著，草地上零散分佈工作人員及攝影器材。我一眼看到草地另一頭，柔和天光下兩條淡淡的人影。李老師正與年輕的主持人緩步並行於鏡頭前，距離太遠聽不見在說甚麼。在談我，我心想。直到整段訪問拍完，我上前和李老師相見才錯愕發現——李老師臉上化了妝。當然要化妝的，我沒想到。看見他施上脂粉為我做這些事，我心裏一陣波動。化妝品底下他一點沒變。我一定變得比他多，頭髮剪短了，不是穿著露膝頭的校服裙，不是揹書包紮馬尾的學生妹了，好像沒得他允許便長大了這麼多回來，突然只覺赧然。握手匆匆，他眼神瞟我一下溫和說句：「你這麼瘦。」到今天我相簿裏有張那天和李老師合拍的照片，我們並排盤膝坐在草地上，我藍衣他白衣，映得草極綠。

這事有下文。話說導演在剪片房剪片時有個朋友來探班，剛好看到剪片機上李老師的片段，大為訝異說：「那是我二哥呀！」這才揭發原來她是李老師的妹妹，當時在另一家電視台任職編劇，跟導演是多年的朋友。

我們也成了好朋友，可以說是李老師做的媒。但往後許多年我們之間的友誼卻是建立在完全獨立發展的基礎上，與李老師這層淵源無關。那麼多年，我從不刻意探問李老師的近況，而且想也沒想過要透過朋友尋求會面，有時談到他都是因爲她談家裏的事波及。

我只知李老師依舊在原校任教，依舊單身寡人，依舊愛貓。我看過他一張近照，從前過於瘦削處都變成適中。懷裏的貓，豐潤的面頰，斑白鬢髮，淺淺略帶幽默的笑意，似乎都適合他。

我在當年那篇文章寫道：「這般情寡的人，如果有一天情鍾於一物一人，這份情鍾當是非比尋常。」而我終於也知道了李老師情鍾之物的謎底——日不落國。

是他妹妹告訴我他獨愛英國，以致這些年遠行都十分專一的從不去別的地方。記得中四上他的世界史課，最是心折他滿口英語聽不出半點廣東腔、和他不需看講義或課本便不拘英國哪朝哪代都說得出一部史話，卻從來不知那個國家在他心中佔有起碼是第二故鄉的地位，還眞是日不西落呢。

也許該順筆提一下我的母校。二〇〇八年香港政府把她正式列爲法定古蹟，從此受《古蹟及古物條例》保護，不能保千秋也可保百歲吧。雖然此舉只限於小學校舍，但我想中學也必因此而受惠。

我看到新聞後不覺心口一塊石頭落地——原來我也是害怕她消失的，怕她會像許多其他香港的古老建築物一樣說不見就不見了。

很偶爾去一次九龍塘不會不好好看她一眼，還要搭巴士才看得見。沿窩打老道駛近界限街路段，遠遠可見車水馬龍掩映紅樓一角，依然是我記憶中的亮麗城堡。哥德風的氣派牆垣打車窗外晃過，雖然肉眼看不見那花崗岩石坡，拱頂迴廊，瓷白聖母像，小教堂，算是神遊了一趟。中學校園的南草坪業已增建一棟高層的教學大樓，那片我常在上課時出神凝望的窗外景觀已完全被遮擋住了，那棵草地上我常挨著看書的洋紫荊樹已經不可能還在了。啊不是嗎？畢業典禮早就舉行過了，惜別的話也說過了，老師教過的東西也忘了大半，那些翩翩踏草、翠袖嬉遊的光景，已逝不可追……不過現在我至少可以放心，除非大戰爆發，有生之年不用擔心經過那個街角時會看見那裏只剩了一堆破磚頭。

祝福。

關的生日卡不光是提醒我十六年歲月就此匆匆而去，且讓我驚覺還有一個朋友在咫尺天涯。約有半年多沒見面了，六個月的日落日出，怎地竟這般不著痕跡，一如驚鴻照影？她在信裏說：「……你現在怎樣？是否已忘記我這老朋友？不要把人生看得那樣枯燥乏味，要知四時有花落，同時，又何嘗沒有花開？」多像老大姊的口氣！

生活是寂寞慣了的，一旦爆出一星小火花，就迫不及待的抱著飛蛾撲火的志願往裏衝。我撥了電話給關，邀她晚上到金馬賽吃西餐。我說：「聚聚嘛！難得風雨遇故知！」「老氣！」她啐我。

老遠的就看見碼頭旗桿下的關，仍然是一頭清湯掛麵，在徐徐的風中往右方擺曳。她甩蕩甩蕩的迎向我，眼角掩著一抹頑皮，現出那副熟悉的「沒甚麼了不起」的神氣。兩人也不說話，到了閘口，她轉身：「用整的，好刮船公司的零錢。」我服從了。

關的眼睛十分小，挺挺柔柔的鼻子，翹翹的上唇，滿噙著譏誚，彷彿隨時都在和你抬槓的備戰狀態中。皮膚是純純淨淨的白皙，不透紅，好像削了皮在雪地上凍僵了的梨子。她眞是個愛笑的女孩！笑時不僅張著嘴露著齒，連眼角眉角都在笑，甚至眼眶裏過盛的笑意都要一滴一滴的瀉出來。打從認識她開始，就沒見她有哪回正經過，永遠瘋瘋癲癲，對功課也是迷迷糊糊的沒甚麼概念，一句話就能把你逗得笑掉大牙，一連串的廣東話又長又流利，好像幾十粒珠子在玉盤上滾動跳彈似的。記得小學二年級時她坐在我後面，當時只曉得有個粗粗壯壯叫約瑟芬的人在後頭，有著守門神的威嚴，笑起來時全班音量最大，答老師的問話時則最小。後來她升中試敗陣，考不回本校，我猜她可能躲在家裏哭過，但想像力實在夠不上程度聯想她的哭相，那原是不該發生的一回事！

北角的華燈灼得我眼睛發痛，躲進暗沉沉的金馬賽，頓覺無比受用。叫了東西，聊了一會兒，關說：「記不記得——」

「補習班？」蠻有默契的。

怎可能忘記補習班？那是我們最閃亮的日子！每日放學，一行人浩浩蕩蕩的殺到「美廉」吃飽喝足，再班師衝到蘇老師那兒。一排排黑木桌椅，也不知坐過多少代的升中試應考生！蘇老師的確是不同凡響，十八般武藝，樣樣精通。第一天上課，他就當眾耍了幾招，教我們甚麼是少林寺的梅花椿。蘇老師還曉得唱歌，一面啞啞的唱一面用棍子在黑板上點拍子！

平原一片，芳草連天，晚風揚起，幾縷炊煙。
流水潺潺，游魚天然，人亦如魚，樂此郊原……

那時我們都不敢坐第一排，因爲蘇老師說到激動處，總是口沫橫飛，坐太前了不免有遇溺之虞。而且依照他的習慣，脾氣發作就用戒尺猛敲桌面，「首當其衝」的學生耳鼓要震蕩好一陣子。

關是那樣地疼過我！每次帶便當，她總不忘叮囑母親弄兩份，和我一塊兒吃，所以，我使過她家的筷子，舔過她家的碗。在補習班，無論測驗、作文、數學比賽，都有獎可拿，是蓋了章的單行簿。我是挺出風頭的一個，疊疊的單行簿往家裏搬，氣得關直跳腳。班上有一個姓陳的女生，讀起書來有不顧一切的壯烈精神，關讚她勇氣可嘉。那人走路的姿勢怪模怪樣的好不滑稽，名副其實的直來直往。我告訴關：「她沒關節的。」這話不知怎地又觸動了她的笑神經。

逃課的時候，我們往往拉著鄭一道去瘋。那是四月微風細語的午後，已將近畢業了。關、鄭、和我，一人一杯軟雪糕，晃蕩晃蕩的蕩到飛機場，立在鐵絲網外看飛機的升降起落。關說過她爸媽看上了夏威夷大學，遲早是要飛走的。突然，我像要發洩一點甚麼，迎著輕風朗聲吟：「故人西辭黃鶴樓，煙花三月下揚州……」才誦了兩句，關推了我的腦殼一下：「去你的！小鬼頭，唸甚麼唸，也不怕傷感。」說完就走了，留我愣在原地。

其實，關，聚散本是等閒事啊！何必呢？你素來是這般的灑脫。只要通過升中試，我們還有好長的一段快樂時光，不是嗎？縱然未可如願，但我們共同踩過那許多路途，只須回身拾掇每一個足跡，自是一番溫馨！只要我們有情，天涯何嘗分隔得開？好像一輪彈簧，無論扯到多遠終究還是彈回來的。那時候，就像此刻，一個無雲的午後，陽光灑得我們滿身滿心，我們一人一杯軟雪糕，徜徉藍空下，眞眞是永恆啊！

唯一的錯，是我們把一切都幻想得太美好，七月尾放榜，而關竟然落第……

三年風雨，關本性未移，依然渾身調皮搗蛋的本領。

「哼！升中試現在才廢除，眞是！」這一直是她的牢騷。

「別忘了！我們是一朝元老呢！」

「鄭回家了沒有？」我提起另一個難忘的玩伴。

她停下手中的刀叉：「前些時碰到她。」

「眞的？」我好驚異。

「嗯！憔悴了，眼肚黑了一圈，頭髮電了，還穿高跟鞋！」

「她在做甚麼？」

「讀書！已經換了三間學校，一年一間。」她豎起三根手指，上唇撇了撇，不以爲然的。

「還在讀書就好！」我感慨的說。

人生中總不免走歪了路，蹭蹬一步，不小心踏進一灘泥淖，只要能把腳拔起來，繼續走，就不必再苛求了。

鄭曾是我們的「死黨」，有一頭服貼的短髮，男孩子般，巧薄的雙唇，嘴巴也是不老實，眸子深大而黑白分明，表情最多。關常說：「我們小鄭的嘴是吃東西用的，眼睛才是說話的。」鄭是瘦瘦黑黑的個子，一臉聰明相。舉止間有點粗豪氣概，也有點漫不經心，佻撻得很。後來當了升中試的刀下亡魂，轉了校沒多久就失蹤了，兩年多沒有下落。她沉淪了、墮落了，那個曾經奔放，曾經純潔的生命。

不過，小鄭永遠是漂漂亮亮的小鄭，屬於我們的。

走出金馬賽，天色已由寶藍轉爲墨黑。兩人不約而同的把手插入褲袋。她碰碰我的肩，下巴往上撩了撩，說：「瞧！月亮胖了！」我抬頭，煞有介事的答道：「是呀！該節食了！」如此這般，兩人又跌跌撞撞的笑足一條街。

走到車站，我掏出藏好的銀項鍊，揚了揚：「來！替你戴上。」

她丟來一臉問號，我只好說：「還有幾天就是你的生日，怕沒機會再見了。」

鍊上的小星正爍爍地眨著光芒，卻怎地也比不上關睫下纍纍的晶瑩。她握著我的手，彷彿也拈著一掌悵惘，眉宇泛起少有的黯然。我有些難堪，別過頭去看馬路，剛好回家的公共汽車正駛來，我喊：「車來了，再見！」

一堆人湧向門口，還未上車，關卻一把拉住我，在我耳根急急悄悄的說：「祝你快樂！」然後又推我出去。我沒望她，我不敢望她。上了車，擠在人群中。她朝我揮手，像在揮送一份祝福。啊！關，這樣的祝福，我怎忍不收？雖然我們還會忙碌的生活，還會人隔兩地，但若能同時感受到冬天夜裏霏霏的細雨，春天午後懶洋洋的陽光，不就很夠了嗎？

一九八〇・四・十五

《青年文學獎文集六》；第六屆青年文學獎初級組優異獎

祝福——後傳

這篇文章是小學同學關寶兒在就讀中學的圖書館看到保存下來，第一次收在我的個人文集中。我和關再見面是久別近三十年後在香港書展的座談會上。關給我的印象是像一顆高硬度的小堅果，樂天呵呵勇往直前，歷過「學校」這個大考場，又闖過「社會」這個大戰場，依然出落得健全，正直，鬥志滿滿。重逢之時她正要去英國進修，圓多年來的大學夢。她講了件小事我完全忘了。我們上小學的年代流行臨別互贈學生照留念，即香港俗稱「大頭相」的郵票大小的黑白照，她說我送過她一張，背面寫著「別忘記我」——要不是她對這話認了真，這集子裏就不會有〈祝福〉。謝謝關替我保存舊文，也謝謝她在功課繁重的年尾時節抽空寫推薦文章。

春花
亭亭立。

姊姊穿一件短袖白T恤，紅黃黑的椿子橫一支豎一支，繫白點淺黃斜裙，坐在昏黃的燈光裏，吃著晚飯，跟我說，她很喜歡那個男孩子，大概是戀愛了。

那個暑假，她在一個酒店裏做暑期工，每天很晚才回家，我們就留飯給她。她喜歡到客廳上邊看電視邊吃，我總在書房裏不知忙些甚麼，她就會叫我出來陪她說說話兒。

燈光下年華如水，外面高樓廣廈的燈都亮了，天上的星星不久都會亮起來。她吃得唇上膩著一層油，微微發光，一痕淡紅的唇膏跑到唇界以外了。我留神的聽她的每一句話。戀愛中人，都是特別美麗善良，世界忽然美好起來，他們有過多的快樂，希望別人知道，也希望別人分享。她講他們好笑的、好氣的，她和他相同的地方、不同的地方，她以前沒有過而現在有的種種感覺，她的缺乏信心，和她的充滿希望……講講會羞喜的笑起來，那時是燈下年華突然綻出一枝滿花，玉立亭亭，不涉開謝問題。

我和姊姊已經很久沒有這樣親密的談過話。她十六歲就獨自到加拿大唸書，那時她剛懂事，我還不懂事，她以後回來的幾個暑假是怎樣的，我一點記憶都沒有。約莫是她有她的世界，她的朋友，她的新衣和髮香。我有我的書房。我們在彼此的生活中都不重要。兩個都不懂事卻自以爲懂事。每天在書房裏，看見她在門外，帶著她整個的世界，來來去去，過門不入。她太忙，太多心事，而我又一直不快樂，不夠心情重新省悟我是她妹妹，她是我姊姊這種不得已的關係。

然而她如今是戀愛了。

在這以前，我問過她喜歡哪一型的男孩子。那次經過天星碼頭的行人隧道，她指著一塊大廣告板，告訴我說，是這樣的。那是雲絲頓香煙廣告裏常出現的一個高壯瀟灑的男孩子，有混血兒的深邃的眼睛，紳士派的抽煙姿態，躍然於臉上的幽默感，一舉一動都符合這個廣告時代的開麥拉的節奏感。姊姊現在喜歡的這個男孩子，倒是齊集各國血統的混血兒，不算高壯，不算瀟灑，頰上還有些青春痘，可是他在她心目中，是從此無可替代了。

現在沒有多少人相信愛情了，執信不疑的更少。可幸姊姊是相信它的，就像我也相信一樣。爲自己愛的人活著，總比單爲自己活著好。

我記得姊姊小時候怎樣呆板的坐在角落的小凳上，啜她的小手帕，啜得整條濕透了，又啜另一條，專注而又樂趣無窮。她吃飯奇慢，嘴裏含一口，小指頭就拈一顆白飯，在桌上滾動著磨，磨磨磨磨，直到指上的污垢染得米粒也黑了，最後弄得滿手黏黏的飯渣子。

她是個舞蹈的大天才，無論哪一種舞，到了她那裏，就像她專修過似的，跳得形神皆似，而她一直也酷愛跳舞。

姊姊自小就纖瘦矮小，膚色偏黑，高顴骨、大鼻子、斜額角，不是討人喜歡的小孩子樣兒。她的眼睛卻是長長彎彎的，眼尾好看的媚上去。她很膽小，愛哭，媽媽嚇一嚇就認錯求饒。我不同。我不好講話，動作多，而且蠻，脾氣又倔，一氣就紅鼓著腮幫子，僵著脖子，翻著眼，氣到底，動輒就要帶著小錢包離家出走。但我比姊姊幸運，讀書比她好，樣子比她聰明，反應比她快，打架比她行。姊姊的細藤手是捧甚麼就砸甚麼的。

我欺負她起來，相當狠。那時兩人睡一張大床，我不知怎麼又欺負她，把她擠走了，可憐兮兮的到外面哭。爸媽聞聲而至，抱她哄她，知道又是我皮，要進房來罵我。我知道自己做錯事，甚麼都來不及，馬上眼一闔，嘴微張，決定裝睡。我一定裝得極像，彷彿眞的睡得甜死了。他們俯身瞧一瞧，媽媽說：「睡了，」又笑加一句：「可皮了。」然後兩人輕手輕腳的退出去。我搗著嘴得意的笑起來。這宗事我印象非常深，好像那裝睡的神情仍掛在我臉上。

另一次，爸爸給我們兩本電話本子，一本墨綠，一本橙紅。姊姊說她喜歡綠的，我說我也喜歡綠的，兩人爭持不下。後來我就讓她，給她綠的，她卻又不要了，硬塞了給我。這種事發生了無數次。我過意不去，也很生氣，想她就是那樣子，要讓又不早讓，等人家讓她了她又不肯要，故作偉大，背過臉去又恨得不得了。

不知甚麼時候開始的，她覺得我看不起她。她出國後的某一天，我因爲收拾雜物，無意中發現她的幾段日記，記在練習簿上，只記了幾頁，把自己形容成一隻可憐的蠢驢，成天被人東拉西扯，譏誚、訕笑、看低。我呢，則又聰明，又可愛，所有人都愛我不愛她，所有好的東西都聚集在我身上；她喜歡的從來都得不到，我喜歡的都輕易得到；她總是被人貶低，我總是被人抬高。總之我甚麼都比她好。言辭間，她當我敵人似的，對我有點妒恨。我當時十分傷心內疚，雖然並不知道自己做錯了甚麼，但那都是過去的事了，小時候的。今年她回來，還說我看不起她，我就相當震驚。吃力的辯解一番，眼看無用，只得作罷。一個大學生的成見，如果不是他自己放棄，就會一輩子釘死在那裏。

這個夏天，我和姊姊結伴到夏威夷玩，距離才又拉近一些。我們住在大

學宿舍裏，非法的。夏威夷高闊的天空，遠碎的雲，漫徐的海風，穿泳衣優遊自在的行人，使人覺得日子比外面的世界慢了好幾拍。早上做的事，晚上想起來，好像是昨天做的。

有時候早上醒來，兩人都懶得動，瞪著天花板各想各的事。紗窗外的樹葉嘁嘁嚓嚓地拍打著。我身邊有一本古詩源，不覺憶起一事，問她記不記得小時候她在學校學了一首曹丕的詩，首兩句是「西北有浮雲，亭亭如車蓋」，她覺得好笑，回來朗誦給我聽，我聽了大笑起來，覺得好俗氣，那麼美的雲，怎麼會像車蓋。她朗誦的樣子，還在眼前一般，那樣的平舉著手，一播一擺的比作車蓋。但她已經不記得了，我追問幾聲，她仍舊記不起來。於是兩廂都沉默下來，大概都在想兒時的事。

那十天，姊姊駕車載我到處去，她駕車很好看，快捷自如。我們都很喜歡到一條公路的瞭望處看夜景。密麻昏黃的燈光一逕排到對面山頂，排成三角型，只有風聲，和汽車駛過的聲音。夏夜多雲，滿天星星被雲遮斷了。我看見兩顆星星在動，問姊姊，她說是飛機，再看也不是，隱隱有一個圓圓的東西在飛著，兩點燈光一路閃，閃閃會在半空停下來，然後再繼續移前，我和姊姊判定那是飛碟，以後的幾天便格外敏感，老有仰頭看的傾向，看甚麼都懷疑是飛碟，過後又相對啞然失笑。

再就是太平洋邊的「魔術島」。白天去，會碰到大浪，浪頭一個接一個，潛力大的那些，像整個海洋要掀掉它的一層皮，有一種沉甸甸的往上推又推不動的感覺，叫人看了不耐煩，又非要看到整層浪掀起不可。偶或有一兩個眞是大，「澎」一聲擊到岸上，碎了，呼呼啦啦的退下去，把許多海蟹也刷了下去。浪小了，人也會相對的沒力氣。

就這樣看著聽著海浪，無來由便很清晰的感到自己和姊姊的分別，想讓她明白我很喜歡她，她卻始終不明白。她是那樣現實明朗的人，她寬寬的齊肩，細細的腰肢，單薄而紋路深刻的手掌，高高的顴骨，都那般實在而性格直露。她走路很快，充滿跳彈的動感，手插褲口袋，一雙平底鞋，踏遍夏威夷大學的校園，夏威夷的旅遊區，大商場及中國城，昂頭挺胸的穿梭於碩巨龐大的外國人間，捨得花錢買一些不十分需要卻自己喜歡的東西，吃一些不十分有營養卻好吃的東西。她知道競爭艱難，知道自己好玩，不甘貧窮，於是她更知道自己要做甚麼，不宜把熱騰騰爲理想奮鬥等語加諸她身上，她只是忠實的肩負了自己的前程，和一些她有份的責任，用她的能力，她的限制，去應付一切問題。她知道自己要甚麼，不要甚麼，退步如何，甚麼該講求效率、條理、速度，甚麼會對她比較有用，給她一些權力，替她賺一點錢，她好有自己的家，自己的丈夫孩子，一套完美的音響組合，唱針刺著唱片，會有嗞嗞的響聲。

在她旁邊，我簡直就是一團混沌，盤古未開。

我跟她說，將來恐怕沒甚麼機會和她這樣單獨玩了。她會涉足社會，一張寫字枱後策劃千里外的事。而我也會到另外一個地方去。

像很多人一樣，姊姊成人了，戀愛了；像很多人一樣，姊姊的戀愛也遇到了他們也遇到的阻難。但我相信姊姊是堅定的。我也相信她的目光和判斷力。一生人眞正心愛的東西很少，甚至只有一樣，經不起失去，失去了，就再也追不回來。日子一天天的過去，曾經屬於自己的東西逐樣失去，失去了，日子還是一天天的過去，一天天，一天天……

只有姊姊想念那男孩子的時候，我看見她的孩子氣。世上的姻緣，有成的，有不成的，都總有一段絢爛的日子。姊姊如今正是身披絢爛。這時風霜雨露，動不動來騷擾攪混，晴有大晴，陰有大陰；因而喜時大喜，悲時大悲。它是開盡的花朵還要開，皺盡的眉頭還要皺。然而我希望她更能面對和寶貴絢爛後的平淡，因爲那才是更平實、更自然、更長久，才是眞正的長相廝守。那時風雨靜息，霜露消散，卻是好花不瘦損，春花亭亭立。

姊姊，但願你幸福。

一九八一・十一・八

《明報周刊》第六七八期

春花亭亭立——後傳

姊姊宣佈結婚的時候兩老都鬆了口氣——總算有個女兒嫁成了。新郎不是初戀情人，而是跟初戀情人分手多年後、朋友介紹認識的美籍華裔。二人世界清靜慣了，小門小院過日子，無事難得回香港一趟。

記得小時候母親愛在飯桌上觀察我們姊妹拿筷子的手勢。拿得高，嫁得遠——她舉自己爲此一土方算命法的活人證。我不記得姊姊拿筷子拿得高還是低，但她娘家果眞在千山萬水外。

說來也是時勢定命運。中英聯合聲明、基本法、九七大限，香港前途全面唱衰中，民間一片出國潮。姊姊身爲長女首當其衝，中學沒念完便飄洋過海當寄宿生。我記得去舊啓德機場送機，黧黑的一個爪哇小黑人，四根火柴一顆頭，傻兮兮尚不諳離情，不懂是要離開父母的庇蔭了，直到入閘眼眶沒紅一下。

自此我們習慣了聚少離多。小時候我們曾是親密玩伴，我會發明各種遊戲攛掇她一起玩，她總是乖乖聽我支使，兩人不打架時倒也相處愉快。可是慢慢無論品性、志趣、生活追求暴露愈來愈多，距離也愈來愈大，但童年無數次玩耍爭吵培養出來的默契始終存在。平日既懶寫信、懶打電話，久而久之便發展出一套最省事的溝通方式：假設沒消息就是好消息。有事發個電郵用一兩行字交代要旨，頂多家庭成員生日、過年過節打個例行隔洋電話，美國風的客氣互道嗨你好嗎我們很好啊你們好嗎——公式慰問多於聊家常。我都是利用她回來省親或回流亞洲的短暫相處時間重新又認識她一次——她還那麼喜歡啃鴨翅膀嗎？手腕的老毛病最近有沒有發作？這次總統大選她支持民主黨還是共和黨？

近幾次見面還有個新發現。從前長相舉止迥異、恁誰都說不像姊妹的，現在卻成了兩張複疊紙剪出來的紙樣，無意間蹦出個難看動作、表情、八字腳——要命，怎麼像有塊鏡子豎在那裏？似乎年紀越大、越明顯反映大家身懷同一組基因，很駭人的彷彿總能看見自己哪塊肉長在對方身上。然而終究聚一次不容易，始終是珍惜的。雖說地球如今變小了，家庭聚散之事自有另一套道理，不是說聚就聚。因此我眞慶幸姊姊身邊有姊夫在，有個人疼她，人生道上有個共甘苦的伴，差可補償她太早離巢少享好多天倫的遺憾，也讓我可以放心享受擁有出嫁姊妹的最大好處：急需人力時有個現成男丁可供使喚，不需要時又彼此隔得遠遠的各自爲政。

明月何皎皎。

初見明明，一心只想跟她笑笑、談談、問問她的名字，可是她剛午睡醒來，惺忪糊塗，一條草綠卡其褲還未套好，兩手提著，高高的站在門邊，門框半陰著她滿臉夕紅，是一頰午後陽光竊喜如意，帶一股口涎香。她有點靦覥的說：「媽不在，郭姨裏邊兒坐。」媽和我進去略等，明明的爺爺姥姥相陪，等等主人未回，我們便辭別了。

第二次到程家，主人恰在，看樣子得呆個好半天。

這兒像大雜院，密密沓沓皆是平房後院，有那好奇的孩子圍成一圈盡往屋裏瞅。時值夏天，我坐在炕上一人一把大葵扇搖搖悠悠。揞起的藍框窗外重重疊疊是市井人家，幽幽約約傳來絞衣水滴聲，待孩子們散了些，才看見一女孩兒在揎袖浣衣。我因前一晚沒睡好，實在睏盹，媽喊我到裏間躺一忽兒，又經程姨催促，我才進去了。

那東北土炕眞是拙重，我手掌膝蓋的爬，一動一聲大響，好像自己不知有多少雙手腳，仰躺或側臥都處處碰壁，每一鍵關節都實在的痛著，彷彿躺著的是大地，而大地不容情。

不一刻，明明進來了，仍是上次的白衫綠褲黑布鞋。她問：「怎地了？睏了？」

我應一聲，她在炕頭桌前坐下，隨手遞給我一張考卷，問會不會。我瞥過一兩道題，全是化學，便答：「不認識，我唸的是文科。」

她接著告訴我才考了大學，這是模擬練習題。兩人就聊將起來，我躺著，她坐著，窗外日光耀耀，明明的容顏一般的日色熠熠，是東北兒女的大臉寬眉，明眸皓齒；是大陸畫報上常有的短髮桃腮，健康紅潤的女孩兒。可是明明自又不同，她素淨無思，眉宇間知道是生於山明水秀。

我睡意全消，兩人便一塊兒出去。她領我看她家的炕，掀起蓆子讓我瞧，告訴我冬天怎麼生火，又蓆子是高粱稈兒編的。炕頭兩隻大箱籠，鑲大金環，使人覺得財氣亦可以明亮無私。其他的有大水缸、瓢、和搥衣服用的磨石塊，這些民間東西雖陋簡，但都眞實如現世，廳裏桌上玻璃壓有幾幀明明小時候的黑白照，及我媽寄來的彩照。其中一幀是明明與她同學合攝的。明明指著她的同學說：「她醜！」我笑了笑，說明明像算命瞎子，因她鼻樑上的麥克鏡漆黑漆黑的，她笑起來，連連贊同。

明明家有後院，窄窄長長，許多磚頭瓦片零亂堆著，有向日葵。院子裏橫搭了葡萄架，已經纍纍的結滿綠玉葡萄，但仍未成熟。再往裏走是兩棵梨樹，梨子還小，約要入秋才可吃。我提議拍照，明明高興得半死，馬上要我取相機。我要拍她和葡萄，她站上土墩，說：「摘還是不摘？」我答摘，她伸手附枝，我就拍下來了。以後一直只有那幀是明明的本色，我又喚她在梨樹邊照，她不自然起來，緊問我手怎麼擱，臉羞得酡紅，赧赧笑著。我想她真是爽朗有羞意。最後一張她坐在窗沿，拿著無線電，似乎始終得依附點甚麼。背景是一角飛簷挑著天幕。我喜歡這種飛簷的天子宅邸與百姓家都有。

明明拉了五年手風琴，程伯程姨要她給我們演奏。她訕訕地端坐廳中央，胸前套上手風琴，拉的多半是進行曲，然而明明要柔得多，她微低著頭，一派端莊，使人覺得江山照眼，倍起珍重之心。有不熟練的地方，她就停停摸摸，笑得極純，飽飽滿滿的一個意思，因爲要把曲子拉好而沒有，所以更謙虛。

是夜我們在程家吃飯，那饅頭有明明的臉盤兒大，又實又香，極耐咀嚼，明明不愛吃窩窩頭我一直覺得可惜，不過我吃的那些是添了包米麵，改良了的。邊吃邊瞅明明，只覺明明的光，並不是那種甚麼燃燒自己照亮別人的博愛偉大，她光彩流動，凡人相與必知其佳人難再得。

明明又極單純，甚至不懂世故，因此反而有著生命最初的驚奇隨喜。

程家距我們賓館挺近，大家便走夜路回去。明明認眞的勾著我一根手指，走在我旁邊高大得像要佔滿天地。路上有叫賣冰棍兒的，吆喝聲一柱竄上天就猶猶疑疑的不下來，日子也是那樣的懸人心腸。

明明無端問我用甚麼洗頭水，我說香港有各種牌子的。反問她時，她說：「醋和麵。」我嚇了一跳，以爲聽錯了，她強調道：「吃的那個醋，和白米麵。」我問頭髮不會一股醋味兒嗎，她喊我嗅嗅，果然沒有，才信了。

她又說賓館的洗手間怎麼得坐著的，多不得勁兒，蹲著不是好好的嗎。我笑得咯咯的，但覺她亦有理。

臨行我和媽在另一個朋友家裏，明明趕來相送，給我一本紅色小記事冊，拉我角落裏講悄悄話。到了時辰，衆人摸黑出門，我和明明領前，她拿出手電照路。黑暗中她仍勾著我的手指，很緊的要你答應她一些甚麼的樣子。一圈黃光照出許多沙石泥土，兩雙腳營營追著，卻怎麼都追不上。

一九八一．五．一

《大拇指》第一三六期；第八屆青年文學獎高級組第一名

說到明明，不能不說她的手風琴。日後我在外國看見手風琴手要不是路邊賣藝的流浪樂人，要不就是遊園會上為土風舞伴奏、穿著花俏樂團制服的花白鬍鬚老頭。我再沒看見過像明明那樣標緻秀氣的姑娘拉手風琴了。

明明的母親跟我母親是大學同學，跟明明同年代成長、高等教育家庭出身的女孩走的路大概都差不多：能上大學的上大學、年紀輕輕嫁人、依國家政策生一子、謀個職位上崗……一把琴，決定了明明怎麼走她的路。

這樂器在香港冷門，但在八十年代的內地流行一時。想來手風琴熱烈歡快的調子，與國家鼓吹的積極向上的人生觀是合拍的。學成的孩子可以覓到不錯的就業前程，考試合格即可持證上崗，在國家機構找個起碼穩當的工作。那時我很天真以為明明學琴跟我學鋼琴一樣是學著玩，學不下去拉倒，殊不知她是有著嚴肅的目標的。

明明順利考取教師資格，一如所願當上了手風琴教師，主要在學校教，課餘也在家教教小孩，幾十年下來成績頗可觀——兒子出國留學，任職藥廠的丈夫升任主管，她自己亦被委任爲校長。

我沒有再見到明明，一切都是聽母親轉述。母親回瀋陽參加同學會有看見過她，回來說她打扮摩登，已經是有車階級了。

大表哥。

在瀋陽，走到哪兒哪兒都有一雙雙挑剔的目光逋緝著，瞅你衣裙的裁剪；瞅你的墨鏡、手錶、皮鞋、髮型，把你窘得慌慌的，彷彿全身都是物質文明，而沒有靈魂。可是那晚不同，我打了兩根蔴花辮，穿藍格子短袖衫，便跟當地人沒有兩樣了。牛仔褲球鞋夜裏不惹眼，也就由它。

表舅和表舅母一邊一個護著我蕩到最熱鬧的中街。那時店舖差不多全關了，滿街散著橫七豎八的自行車，和一黨黨的知青，錄音機開得巴拉巴拉大聲響，常是鄧麗君的〈何日君再來〉和〈美酒加咖啡〉。男孩子流里流氣的抽根煙，摟女孩子的腰，捏女孩子的肩，跟香港的一般般，照當地的說法，是盡幹「吊架」事兒，很損。表舅請我吃兩根冰棒，小荳的；賣冰棒的揭開棉被拿出來，十分叫人震驚，大熱天裏看見棉被竟有冰冷的感覺。表舅母要買水果，到一間塵埃僕僕的水果店，只有小桃和小李子，慘青淡黃的像沒有血色的病臉，但她買得十分興頭，胡亂挑幾個上秤，然後一股腦兒倒進自己的皮包裏，揹著走了。

坐公車到表舅家，到站還得走好一段路。表舅中途下車到單位領自行車，路上跟我們會合，讓我坐上車座，他一旁扶著走，表舅母緊追著攆。那是一條大馬路，兩排街燈涓涓白白流得遍地，燈後是兩片樹林芊芊到無涯的天際。四處沒有人煙了，自行車吱吱啞啞響。我坐在車上晃蕩晃蕩的，心情是一篇散文，淡如水，略帶點詩意，卻沒有詩的密度。我還是喜歡瀋陽以前的名字奉天；奉天之命；奉天承運皇帝詔曰……此後該有下文吧！此刻天色迷迷濛濛的不很沉實，彷彿時近時遠，沒有月亮，沒有星星，可是滿地月意星思，叫人想夢想醉，然而我更要醒著湊這靜寂外的熱鬧呢！

到表舅家才第一次見著大表哥，初見即有一種親。爲了確立這名份我還苦苦思索過好一陣子：表舅是我媽的表哥，我媽的表哥的兒子，那該是我的表表哥啊！可是太麻煩了，我就把一個表字刪去。記得當天下午表舅夫婦到我們賓館，只帶了二表哥，說大表哥自己來，我心裏懸懸的總不如意。

大表哥長得帥，高高瘦瘦的個子，眉濃眼小，直鼻子，常笑。笑時唇角微微一掀，很隨意，使人覺得沒有私心，沒有懷抱，與這世間生不出人事，因爲那笑本身就是人事。他穿一件汗衫，泥綠卡其褲，翹腿坐在那兒，不大愛講話，講起來很衝，救火似的急，尾音揚起化成一股氣，爽快乾脆的。

離開時已經晚了。大表哥騎自行車載我回賓館，表舅則騎車護送。依舊是那條迷迷濛濛的大馬路，眞像走在夢裏一般。我散了髮，髮也被吹成風了，而我正要乘風馳進漫漫長路入深夜。我最不能忘記大表哥寬寬的肩膀赳赳的擋在我面前，白襯衫鼓鼓的撲著，拂到我眼簾上。那眞是好男孩好廣闊的感覺，安心得只想伏到他背上睡去，前路是不必擔憂的。但我只問：「重不重？」

「沒事兒。」他說。

一天的星星都躍出來眨巴眼了，在我頭上淅淅流過。我看見更遠那些紛紛掉進大表哥密密蔭蔭的頭髮裏了。

「覺得瀋陽怎樣？」他問。

「很好。」

「這老破地方，有啥玩兒？」

「樹多呀！」

「香港沒樹嗎？」

「哪兒有？」

表舅一邊囑咐他哪裏該慢，哪裏加快。到了不平的地方，他喊：「坐穩了呵！」

我應一聲，接著車座便一頓一顛的動蕩起來。性命要緊，我自然扶得牢牢的。

「行吧？」他反問。

「行！」

而我真的希望就這般永遠騎車騎下去，街燈柔柔的灑下來，灑一道淺淺燈河，兩岸有樹木婆娑，大表哥寬寬的肩膀赳赳的擋在我面前，白襯衫跟我的髮一樣飛揚，好男孩好廣闊，前路我不必擔憂，只須闔上眼睛伏在他背上睡去，明朝醒來世界比以前更美……

回到賓館房裏，大表哥坐下就掏煙抽，表舅氣得啐他一口，他笑笑頑皮的望我。媽媽稱讚大表哥帥，他回道：「腦子裏都是草！」我聽了大慟。

大表哥今年二十四歲，成長期剛剛趕上文革，雖也唸過十年書，但也就像沒唸的一般，上學除了戰備施工，就是學工、學農、勞動。中學時他對體育、音樂有點特長，想在這兩方面找點出路，結果不得已都扔了。其後他在農村待了五個年頭，接受貧下中農的再教育，過著遊民般的生活。十年日子，在他腦海裏想必是一片黑風苦雨，自己明明活著，可是比鬼還難堪。

其實表舅心裏何嘗不明白，恨只恨大表哥到如今仍不思振作，對新近掀起學習外語的熱潮亦置若罔聞。但我相信這一代人有這一代人的心事，想他每天上班下班，騎車飛馳在樹蔭遮天的瀋陽街道上，風在他眼裏眉間髮上，他心中的感覺是甚麼？

那天和媽在表舅家呆一整天，午晚飯都賴上了，滿桌家鄉菜：大醬拌茄子、茄合子、涼糕、餡餅、餃子……撐得兩人死去活來。下午他們大人聊天，我悶得惶惶的，磨著要學騎單車。表舅母陪我到外面土徑上騎，惹得那些孩子全盯著我的「奇裝異服」。車是大表哥的。又高又重，我的腳才僅僅蹬得著踏板，蹬得吃力極了，倒像車在騎我，全靠大表哥在後面死推爛推。表舅母看我老半天沒點兒進度，把我叫下來，先教我扶車走，那眞是幼稚園女生的事，但我還是乖乖的學了。大表哥汗水淋漓的蹲在路邊。我繞兩圈子覺得無趣，也就罷了。

大表哥的女朋友姓任，長挑身材，國字臉，下巴是一粒葡萄在國字下邊滴溜溜。一般東北姑娘都十分好看，寬眉方額大臉盤，大方貴氣。她是屬於次的，不過人可親，老是笑盈盈的，是有意的笑。她初識大表哥時到他家裏玩，表舅都避到樓上不見，認爲婚姻大事，非同兒戲，見了豈非肯定了，那還早著呢！雖然如今屈駕接見，但仍舊擺出老爺架子。表舅有時候眞是嚴正得可怕，對這一代年輕人相當看不起，甚至二表哥愛彈吉他也視作旁門左道。可能是他一生學問都是自行苦修而來，所以特別受不了年輕人懶怠無所事。

媽媽送給二表哥一架錄音機，三卷錄音帶。當時才發現其中一卷壞了，我好生過意不去，為的是大表哥得少聽了一卷。

「這盤壞了，走調，我給你換一盤。」我跟他說。

「沒事兒沒事兒。」

「可是走調了呵！」

「走調也沒事兒。」

「走調了怎麼聽？」

「那就不聽啦！」

我更決定給他換一盤了。

以後十天我們都在撫順跟阿姨在一塊兒，我在準備送阿姨的錄音帶抽出一卷，又怕她瞧見了不樂意，這兒塞那兒塞的把媽也弄煩了。

再到表舅家，表舅母說大表哥病了，發燒，洗涼水澡的關係。坐坐不見他，想他在隔壁房裏躺著呢，要過去又不好說。而他終於打起簾子進來了，卻是已病好，一張臉瘦嶙嶙的，隨意的笑。

他告訴我原先那盤帶又好過來了，可是我還是把這盤給他，因那裏面有我最喜歡的一首歌〈相遇〉。他果然說好，兩人便趴在床上一遍一遍的聽。他拿著歌詞嚅嚅唸著唱。對面窗台上擱了兩盆茉莉，窗外小花圃的向日葵開得金光燦爛，花心像日本劍道士戴的頭盔，有一種悲壯。別戶人家的煙囪有炊煙蕭蕭縷縷，燻得紅磚房子昏糊糊的。單單一框窗戶，已是中國千年萬代的煙火人家！

我們就這般趴在床上聽一首白雲茫茫的歌，我看著窗外的世界，他輕輕跟著唱。我相信這已是幸福。

大表哥穿一件正藍棉線襯衣，線根都露在外面，我提醒他衣服穿反了。他笑道：「我故意的。前兩天穿這衣服感冒了，我現在把它反過來穿。」他自有他的道理。

隨後二表哥取過吉他來，低頭專注的彈一首朝鮮曲子，可是大表哥嫌他彈吵了，反而愛聽我的美國民謠〈DONNA DONNA〉，手指沒有勁道的一鈎一鈎，柔忽忽的，其實不及格。大表哥卻愛得不得了，硬要錄下來，我一推再推也不管用，到底讓他錄了。

「這盤帶我以後總也不洗了，真的，總也不洗了。」他說。

「彈得不好！」我勉強答一句，語氣軟酥酥的，意思是隨便吧。

我們吃飯表哥兄弟倆總不上桌，吃完了幫忙收拾。門口吊一掛簾子，出出入入總是巴拉巴拉直響。大表哥巴拉一聲進來端個盤子，巴拉一聲又到廚房去，非常驚動，彷彿要闢出一條敞亮的路來，偶爾笑笑的望我一眼。

走時已漆黑漆黑的，梯間沒有燈光，表舅忙著找手電，大表哥卻牽我的手引我出去了。窄窄的梯間徹底的黑，張眼有如閉眼，他一步一小心的領我。我腳下哐啷一聲不知踢著甚麼，簡直成了瞎子，可是，他牽我的手的感覺變得格外清晰，彷彿就撫在我心上。鄰居被吵醒了，開門讓燈光漏出來，蕩漾得半壁都是，黃黃混混的映著他的側臉，也映著我的，像有枝紅燭在燭影搖紅，搖得我臉龐燙燙的。

他送我上了那輛軍用吉普車，探進頭問：「甚麼時候再來？」

「不知道呵！」他是問我甚麼時候再到瀋陽。

「三年？五年？」

「快了快了！……我媽明天請吃飯你要來呵！」

「行！甚麼時候？」

「中午吧，李連桂大餅。」

「唉呀！我們單位明天中午籃球賽，沒有我還不行呢！」

「那就晚上吧，一定來呵，」我說。

往北的人吃飯早，五點半就吃，六點半館子都關門了。我們去時天光還白亮，正巧下班時間，街上擠滿自行車和轎車，一逕「嘟、嘟、嘟」的按響號。表舅在門口等著，胖胖團團的負手仰頭在踱方步，嘴巴瞇得跟眼睛一樣。

李連桂大餅是瀋陽有名的老店，特意把樓上打掃乾淨，只招呼我們一桌，其他人不讓上。表舅擔心表舅母找不著，下樓碰她去。不一會兒，表舅母和大表哥都到了。

「籃球賽輸了。」他笑說。

大表哥怕二表哥把車存得太遠，找他去了。最後單單缺了表舅，兩兄弟又下樓「划啦」，總之坐不住，使勁折騰。好不容易才齊了。

因爲高興，多喝了點啤酒，喝得臉腮紅通通的滾辣。大表哥坐在我旁邊，一杯接一杯的喝，眼看又要斟，我忍不住伸長脖子向他的杯子瞟兩瞟，一抬頭發覺他正斜乜著白眼忑凜凜的瞪著我看，嚇得我咻地縮回脖子笑又不是氣又不是的。

「你臉紅得像喝了多少酒似的。」他道。

兩兄弟不怎麼正經吃，半途癮頭來了就抽煙，手指夾著煙再吃。大表哥熱了就叭嗟叭嗟的搖摺扇，走到窗旁看街景，滿街單車行人，交通警對著喇叭嘰哩呱啦的淨「吵」。我起來到另一個窗旁看，剛下過雨，地上濕濕爍爍，大部份人披著膠雨衣，使我想起簑衣斗笠。我看得沒技術，鼻子貼在紗窗上，回來媽說怎麼鼻尖都是黑灰，替我拭去，我還不知原因，每去看了回來總抹得一鼻子灰。

大表哥「豁」的展開扇子，湊過來，半遮著臉，云：「回去寫不寫東西？」

「寫。」我湊過去，兩人都在扇子裏。

「寫甚麼？」

「小說。寫你。」

「眞的？」

「眞的。」

「好。」

他「豁」的收了扇子，馬上別過頭去告訴二表哥：「她說回去寫小說，寫我。」下巴一挑，挺神氣。到底東北人實心眼兒，藏不住事兒。

走時我倆先下樓，站在珠簾前等。把頭俯得低低的，輕輕道：「甚麼時候再來？」

還沒來得及答，一個服務員問：「是香港來的嗎？」就打斷了。

我想方才在簾外望進來一定很美好，簾內一男一女，男孩的頭就低低的，在講悄悄話。

離開瀋陽那天，人太多，得分兩趟麵包車到火車站。大表哥隨車送行，到了火車站，眾人簇擁著我和媽經過外賓廳到月台。他搶著提一件行李，頭低低著，垂下一撮髮，暗裏看不清表情。可是我那晚總是不敢看他。

月台上嘈吵得甚麼似的，大家都尖著嗓子講話，不斷的有人跟我握手，跟我道別。大表哥總算抓空兒握一握我的手，囑咐我寫信，然後我又忙著應付別人。

要上車了，我回頭找他，他在看著我，望進我的眼睛裏去，隨意的笑著。那時我眞的怕，心裏陡地一寒一寒，一頭沉進他充滿笑意的目光中，可是一切都太好了，我又浮起來，朝他笑笑便上車。車門處我看他的手置在襟前，準備要揮，但我存心不搭理，好半晌才應他。他小動作的揮揮手，接著在半空中作寫字狀，提醒我寫信！我點點頭。他又把手往左推一推，示意我進車廂，我聽話的進去了靠在窗旁。窗上懸著一層白紗，隔著白紗遠遠望他，一張臉變成青銅色，尖削得厲害，正叉腰不知與誰搭話。玻璃落下一半，鋁框恰恰遮住他的頭，剩下白衣灰褲，他大概也看不到我的頭，只見他膝蓋一屈，昂首笑笑的睨我，揮揮手，都是小動作，我笑了，笑他唐突。

火車緩緩開動時，他鑽入人叢中消失了，車窗縫裏扯起一陣鐵風，我想起大表哥喜歡的那首〈DONNA DONNA〉，想起〈DONNA DONNA〉那個悠遠的故事；開赴市場的馬車，繫著一條小牛，眼裏充滿憂傷，小牛上空，有一隻燕子迅速飛過天空。農夫說：不要埋怨吧！誰叫你生出來就是牛呢！你又爲甚麼沒有翅膀，像那燕子般驕傲自由的飛翔。牛生來都被宰，而永遠不知道原因，可是但凡那珍視自由的，都會像那燕子學習飛翔……聽那風怎樣的在笑呢，它們只是盡情的笑著，笑呀笑呀笑走一整天，笑呀笑呀笑走了半個夏夜……年年歲歲，它們只是那樣盡情的笑著。

一九八二・五・十五

《大拇指》第一五六期，曾刊於瑪利諾修院學校校內刊物《思萃》

大表哥——後傳

我沒再見過大表哥了。

我初抵美國期間還跟他通過兩封信，但是畢竟交情還淺，要重新喚起在東北一塊玩時的熱情和感覺，已經有點難度了。很快大家似是言已盡意，不覺得做個遠洋筆友有多大意思。也不記得是誰先不寫信的，東北之行的一切就此畫上了句號。

倒是母親後來又見過表哥一次。那是有一年他替任職的公司出差到深圳買小貨車，母親前去深圳會他。據她說眞是乏善可陳的。兩姑姪在酒店咖啡廳喝了杯咖啡略敘近況，對方的家人逐個問好。表哥掏出幾個月大的兒子的相片讓母親看，大概是整個會面的高潮了。我能想像母親盡義務讚歎，表哥的得意笑容像任何新做爸爸的。這時自東北別後不過數年，表哥樣貌沒變，衣著還是保持以前的整齊清爽，一點沒有偏遠地區人的土包子氣——她娘家的人都不土，母親沒忘補個聲明——不過到底不是當年那個單純憨樸的青年了，人世故得多，已經是個有家累有牢騷的略帶疲倦感的男人了……

後來我才知道跟表哥家在東北那次團聚極其難得。原來我母親家的幾房親戚相互之間都老死不相往來，一半緣於家族傳統，一半也是早些年的政治環境所致。那年頭人人被政治歸類，隨時擔心前途吉凶，種種成見猜忌作祟，交往起來有許多疑慮，倒不如保持距離比較簡單一些。雖然事過境遷，親族之情已經淡薄，一旦外公去世，連最後一點親和力量也失去了。外公過世的時候，母親寫過一封信到表哥家告知消息，都完全得不到回音，可能已經搬遷了。

晶玉姨。

還沒下車，媽就指著車窗外一個四十多歲的婦人向我說：「哪！你阿姨！」說著眼眶滴溜溜紅了一圈，臉上的色素斑一粒粒復甦過來似的。車門一開，也來不及搬行李，曳起大衣下襬就一步踰兩級的跳下去，和阿姨擁抱著嚎啕大哭。我和姨丈則把行李挪下旅行車。乘客一個個下來，重逢一幕幕的接續。

我不大敢看媽及阿姨，忙不完似的搬著行李，一面還是止不住一股酸流往鼻裏衝。從沒見媽哭號得這麼徹底放肆過，彷彿二十年來的收斂單單爲了等這一天。二月天暖暖的陽光烘焙著廣州城，哭聲激蕩的蒸騰著，整街整巷都是，漫天漫雲都是。此時的雲密密牽牽都堆到天左去了，卻薄薄的似乎隨時要散失，枝枒挑著的雲白皚皚的彷彿又特別高了，這情景很像電影裏鏡頭往雲天一過，然後打出十年後或二十年後的字樣，映示著匆匆歲月的滄桑茫漠，前奏著絕世的劫後重逢。

她們的哭聲略低了，最後只剩下嗚嗚的哽咽，媽一隻手搭著阿姨的肩膀，一隻手愛憐的撫她的短髮，飲著淚水連連的歎道：「老囉！我妹妹老囉！……二十年不見了，我妹妹老囉！……」阿姨不吭聲，抿著唇，愣瞪著大眼睛，一汪淚水乾了又是一汪。因是迎著陽光，眼睫、鼻子、嘴唇，都投了藍黑的小影兒，把原本不紅潤的臉色襯得更蒼白疲倦，整張臉塌拉著掛了下來。全副精神都窩在一雙眼睛裏了。閃閃秀秀，不哭的時候也彷彿淚濕。眉毛長長的伸入鬢角，畫下一筆靈落的姿勢。一排假牙瓦瓦的像切過的白瓷，眼肚浮腫著，像兩吊小肉囊。鼻子短，人中也短，上唇勉爲其難縮了上去似的，於是顯得下唇微兜，這幾項就成了母親判斷阿姨命薄福淺的根據了。阿姨雖不及媽的油滋肉養，卻矮矮團團的還較媽豐滿，走路時身體是一張扯不滿的弓，羽箭恐怕是蓄勢待發了一輩子也射不出去的，腳步永遠踟躕而踧踖，怕得罪人又怕人誤會，牽牽絆絆搞不清半輩子的恩怨，整個兒瑟瑟縮縮，老像北風勁道下一片捲曲的枯葉，顫顫搖搖把不穩，一生坎坷也就是這樣看出來的。

阿姨那天穿著黑底碎花的棉襖，泥黃斜紋卡其褲，鬆鬆垮垮的使人更矮了幾分。進了大廈早先訂下的房間，媽馬上幫她換一身新，一壁絮絮的嘮叨：「咦呀，土死了，這東北土包子……土死了！那麼大個人都不懂得打點自己！……嘖嘖，那才土呢！地道的東北腔，嘻嘻！」阿姨是一副倚賴的神情，漾滿信任的笑容。她把我們帶來的東西一疊疊仔細的翻弄，一件件小心的端詳，眼光一時透著好奇，一時透著喜悅，一時透著欣羨，彷彿面對著一分好不容易等到的幸福，無論太強烈的興奮，或太濃郁的感傷，都會驚破了它，嚇跑了它。

我拆開新肥皀，準備洗把臉，正在找廢物桶把包裝紙扔了，冷不防阿姨一下子搶去包裝紙，兩手溺寵的捧著，嘴裏喃喃的嘟噥道：「哇！這麼漂亮的紙呀！這太名貴了，嘖嘖！好看極了，扔了豈不可惜了！……」那包裝紙天藍色，正中一個小花圈，花圈裏一個紐約街頭隨處可見的骨感女郎，裸著背脊，油光滑亮的皮膚凍著定了型的雪白肥皀泡，不生不滅，沒有新的希望，也沒有新的毀滅。女郎轉過臉來，臉上凝著朵「一向如此」的笑容，眼梢眉宇頗有幾分嬌媚的韻致。

阿姨慎重的收入皮包裏，約是留待日後增添生活中可資想像的憑藉吧！媽削了隻芒果遞給她，想她沒看過，特地帶來的。因是第一遭嚐，先試探式的淺啖一口，第二口深半分，再啖一口又深了半分，接著唏哩嗦囉吃將起來。「滑不溜秋的！」她說。

遊越秀山是跟阿姨、姨丈和兩個表弟妹，僱了小轎車一道去的，他們坐轎車的心情許是我們坐火箭才會有的。兩個孩子趴在車窗，使勁睜大眼睛，好像是才第一次看見這世界，第一次認識這世界。也許，從車窗裏望出去的世界對於他們是不同了，兩樣了。阿姨是一派端整秀潔，胸襟和天一般高曠。

我不很清楚阿姨的過往，零零碎碎從媽那兒聽得一些。約是「文革」時因爲有海外關係受過批鬥，下放勞動，吃了不少苦頭。本來跟一個男人不錯，不知怎地人家嫌棄了她，委委屈屈嫁給現在的姨丈。凡此諸般，就變得很愛哭，老把舊事掏出來傷己心。哭的時候嘴緊閉著，鼻翅一撲一撲的蠢動，淚水一流一流把眼珠兒濯得赤亮。媽說好說歹勸了兩夜，反反覆覆是：「晶玉呀！過去的就算了，生活總得過下去，你還有丈夫，還有兒女，這樣子看不開，簡直招贅，會誤人誤己的，你好好思省思省……」

其實，姨丈是挺照護阿姨的，雖然人是近乎呆木。坐在角落裏老半天，也不則聲，久久會以爲是嵌在牆上的一幅人物畫。眼角眉梢萎垂下來，小小的嘴沒氣力的挨著，像是要哭又哭不出來，叫人替他憋得慌。

阿姨在小學教繪畫，只是虛應故事，圖看顧兒女近便，一顆心一份意志，早不知那年那月埋了土，立了碑，活著彷彿僅是意思意思，吃兩口飯，睡個時辰覺，磨磨蹭蹭盡耗光陰，也不思振作。

在廣州城雖只逗留了五天，竟和阿姨處得蠻要好。她常常盯著我看，一雙眸子銀鈴似在我身周搖呀搖，搖得銀爛。

媽雖則數落過她的恁多缺點，我卻不計較。萬般錯咎，總歸是命。我只要阿姨好好的活著，在東北好好的活著。

她叫我必得回東北老家，吃她親手做的酸菜火鍋。「哎呀，可好吃咧！」她讚歎著，退縮的上唇把人中擠得皺皺的，生出一條條橫紋，總給人一種咬牙切齒的感覺。兩隻手老愛捏做一堆，興奮起來嚮辣辣的拍一記，連火花也要擊出來的樣子。「糟了！」眉頭虬成一個結。「你暑假才能來，酸菜得冬天才有呀！嘖！這怎整？怎整……」她認眞地想她的辦法去了。

阿姨非常不善交際。那時候媽在飯堂裏請了一桌酒席，一些遠道來的朋友及拐彎抹角的親戚全齊了。阿姨兀自低著頭吃飯，偶爾抬頭覷一眼，又埋首飯碗。人家問一句，她應一句，也不曉得是不是該笑，嘴角撇一撇就僵住了，眼睛大大圓圓的撐開，糗糗的滿是戇相，或在我耳旁窮嘀咕，怨媽不理她，不看重她……甚麼沾親帶故的，我可一個都不認識，那兒冒出來的一夥子，硬是討厭……嘮嘮叨叨愈顯得歇斯底裏，不久眼又紅了。

離開的時候因爲很匆忙，誰也沒來得及哭。阿姨在車窗外朝我們頻頻揮手，眼神深深滿盈著焦急眷戀。轎車穿過夾道的白楊，駛向白雲機場，回過頭來，阿姨的人影愈扯愈小，我好像剛遺棄了甚麼，心頭十分悵悶。這次，單單來了又去了，彷彿也是個交代，未必圓滿，至少還是個交代。

晶玉姨答應我的，要好好活著，替我守著東北老家。想東北是粗黃的窩窩頭上的洞洞裏，躲著的那個溫寒的北國。想晶玉姨是那個無名目的節婦，在那兒替我守著，一直那樣守著。東北的月是個圓滾滾的饅頭，東北整個兒是白麵大米高粱玉米粥塑的，還有那首晶玉姨教我的東北歌謠汨汨朗朗，是抽刀斬不斷，浪淘打不盡的——

曲蔴菜，長白蒲，
女兒上車媽媽哭，
「媽媽媽媽你別哭，
到我家，受不著屈，挨不著累，
鋪紅氈，蓋紅被，
繡花枕頭十來對……」

一九八〇・七
《中報月刊》第六期

晶玉姨——後傳

晶玉姨二〇〇五年春病逝於深圳。

走過。

想起來當是很遠的事了，那時的世界並不是現在這樣子的，有些地方還可以，還過得去，偶然振作一下也無妨。

那時在補習班裏通過陶認識惠媚。她時常頭髮抿得烏光烏光，編兩條結實辮子；臉很白，眼睛咕嚕咕嚕老要保不住似的，下巴圓圓兜兜，好像一照面整個下巴都要跟你過不去。混熟了，一見面她一跺腳就給你來張鬼臉；那樣子的腳一頓，全地球的樓房高山都要爲之一跳。

至今，與她的許多瑣事都記不得了，彷彿很快就都長大了，快得不得了，連回頭看一眼的時間都沒有，只好學其他人一樣，跑電影院逛街吃小食店，跑得一頭一臉的塵，感覺上都是平平凡凡的人，過的是平平凡凡的日子，再也不可出頭。

惠媚一直是個很自覺的女孩子，很自覺自己的孩子臉，自己的頭髮，甚至自己嘴角上一毫米直徑的酒渦。見面五分鐘撥髮要撥十多次，每扇櫥窗都成了鏡子。太自覺了，每天見的都是自己，身邊事眼前人很容易都一一放走了。

後來簡直不對勁兒，我的腳步總是快了一點兒，多多少少總快了一點兒，陶和惠媚漸漸接近了，惠媚戀上校裏的一個男同學先告訴陶，陶有甚麼事也先跟惠媚說。其實也不在乎那些，但她們的確不再是我的了。當初交上惠媚，並沒有眞心喜悅過，大概年紀小，也沒有誠心誠意挑來交，現在才知道要小心。

想起來眞會不甘，我曾經用盡心力來交她們的。那段日子我活得眞累。一次去看電影，她們倆只顧聊，快要誤過入場時間了，我只得一口氣跑去買票，她們才姍姍到來。入場坐定後，陶問我怎麼不買中座的，後座最前一排的前面就行，比較便宜，那口氣像我做錯了甚麼事似的，大概很緊張她的錢。我說：「我請，不用你給。」她才沒有作聲。她們的生日都比我早，那年我送她們每人一年的《當代文藝》，我生日她們好像只送我一個夾子一支筆，我也記不太清楚。其實當也不在乎那些，可是眞能看出來的，眞的能。從頭想起，她們對我到底自私。於是搬了家，就沒再找她們了。

離開了才鬆一口氣，說甚麼都不回頭了，她們使我累了這麼些年。我對她們無私心，她們這樣待我，使我累了這麼些年。從別人處聽到她們的消息，曉得都還好，就十分放心。只是惠媚曾追問別人我與她們絕交的理由。我想她還不懂事，最好也不要懂得，這種事，誰沒有過？

別後在九龍城遇見惠媚，是她先喊我的英文名字，我一驚掉頭，她瞪大眼睛望我，然而我就那樣回頭走了。

第二次亦是在九龍城，她輕輕碰一碰我的衣袖，我一驚掉頭，她臉紅紅笑笑的站在那兒，撞頭撞臉仍是那圓圓兜兜的下巴，沒怎麼變，約是比以前明媚了，我只來得及「嗨」一聲，就回頭走了，過後眞有點後悔沒站著跟她說幾句話。

兩次碰面都是匆匆的擦肩走過，我想我反而喜歡這種感覺，一驚掉頭，以前的歲月一下子擺在面前，追不回的，只來得及看一看，知道自己是走過那樣的一段路來的。

下次遇見，我或會問她一聲：「過得好嗎？」

一九八一・五・一
《大拇指》第一三六期

走過——後傳

年少時爲求一知己，趨之若渴上下求索，勾個手指當千金一諾，揮一揮手即掉頭絕交。遨遊陋巷，踏草校園，驀爾天涯小，不惜效阮籍駕車走到路途窮盡，輒慟哭而返。

那會兒我著迷於伯牙與子期的千古高誼，爲著伯牙在最聽得懂他琴音的子期逝後、誓不再彈琴的貞烈情操。

同一時間我愛上納蘭性德的詞句——人到情多情轉薄，而今真個悔多情——痴痴吟之不絕，只覺十分切中要害。

又如魯迅書贈瞿秋白的句子——人生得一知己足矣，斯世當以同懷視之——亦曾讓我難忘。

友情路上的諸多實驗與揮霍，沒有教會我交友之道，卻終於讓我了解伯牙斷琴以謝知音，並非友情唯一可羡的境界。在我愈來愈吝嗇時間和感情的今天，回望戀戀少年路，只覺青春眞是奢侈的。千度回眸百遍回首，只爲了衆生裏一個幻影。

某日，朋友說，你說將來咱倆會不會也像他們那樣，那麼老了，還坐在一起聊天。她說的是貢布里希與畢生至友波普爾。貢布里希那本《藝術與科學》裏有張他們的合照，兩個好朋友坐在一起討論問題，皆已白髮蒼蒼。（附註：貢布里希，E.H.J. Gombrich，1909~2001，著名英國藝術史家。）

某回暢聚後我回家匆匆寫下這幾句：能夠在幸福的感覺中死去，只有今天。我們的友情在今天達至酣暢的境地，我無憾了，今天的心情最適合死……

細說。

距離我知道他這個人，至今五年了，其中有三年我們同在一間學校裏。有一年是他教我。

去年我妹妹來美國看我，我問她，學校裏有沒有這樣一個人。她想了半天才想起來：有是有，不過她和她同學都不怎麼喜歡他，成天臉色木木，不苟言笑。

的確不是小孩子一眼看上去就會發生好感的，是略爲陰沉的長臉，不笑的時候會顯得難以親近，些須叫人不安。但我初初見到他便覺得非常好，很親切，只彷彿有幾分淒清和怔忡。

那時候因爲三年制的施行，中一至中三每級一律六班，學校出現地少人多的現象，我們中四四班被逼擠在禮堂「包廂」裏（近似戲院的超等座位），四班班主任同時在場。我坐在第二三排，看得很清楚。他在前面來回踱步，手裏捲著一卷文件，托托地敲著包廂及腰的圍垣。有時就斜身靠在那裏。很少說話，別的老師商議甚麼，他也不參予。

他本當是我們班主任，才過幾天被調往別班去了，只負責我們國文和宗教的課程。後來我數過，他教他自己班一星期六課，教我們倒有七課之多，意外白撿一課。

學校每年開學例必在附近的天主教堂舉行望彌撒，去不去隨學生個人意願，而學生是自愛的居多，大部份寧可在家裏多睡個把小時。虔誠的老師們認爲大有替耶穌挽救面子的必要，於是中四四班集合時，輪流到麥克風前對我們曉諭大義：好的學生須有好的開始，你們千萬不要錯失良機……這種讓你們精神上思想上得到溝通結合的機會是極爲難得的……在你們的年齡，應該已經懂得哪些是該做的，哪些是不該做的……

輪到他了。爲勢所逼，他不得不站到麥克風前，伸出一隻手來上下擺了兩擺，用英語說了兩句：

「誰想去的就去，誰不想去的就留在家裏。」

學生們登時笑得人仰馬翻，其他老師礙於同事關係，不便盡情喧笑，嘴鼓得胖胖的忍著笑。不過他這個肇事者也陪我們笑了一頓。

對他的下一個印象，則是他學識之豐富。第一堂在一個音樂室上，尚未正式授課。他給我們講解宇宙中黑洞的神秘奧妙，不同時間空間的互相干擾所造成的時光倒流的現象，邊講邊演。有一次又談到某一國新發明的甚麼型的槍，還在黑板上畫了圖樣，告訴我們它的新奇妙用。三國故事他也會講：陳宮與曹操，諸葛亮和司馬懿。此外有《史記》中的刺客們：曹沫、專諸、豫讓、荊軻、聶政。

他事先聲明：一個老師的先決條件，是懂得一成，說滿十成。可是在他說滿的十成中，學到一成，也就獲益不淺了。

遺憾的是，學生是囫圇吞棗慣了的，升學壓力又大，偏向保守的學生拘泥於教科書上的內容，總認為題外話是一種學習上的剝削。因此他常常這樣流連在轄治區之外，學生間不無微言。一方面也是課程不能落後太遠，他最後不得不提起心肝，依書直說了。題外話是有，卻減少很多。這固然不能歸咎於任何人，唯其無可奈何，更覺深一重的惋惜。

在他說題外話的時候，才是他整個人最投入的。哪怕所說的僅是從書上看來的，已經成為他的一部份，有他本人厚活的背景為源頭，以此宏大而明亮。有的人是即使和自己的學識，亦有一層隔閡，說起來就像是說教，或者傳教。但他同自己的學識彷彿有甚麼密切關係，兩相交融，再不疏離。說起來就使人覺得他是愉快的，有一種屬於學問的沾沾自喜，春風得意。課本上公式化的行與段，他似乎總不大能夠適應，使他多少受到一些牽制。

在我們學校，教師進課室，例必全體學生站立，高呼「早安」，以示尊敬。有的老師極其重視這一項禮節，認為這是培養我們嚴肅的人生觀的第一步。他對這些卻很不耐煩，巴不得我們快點坐下，後來急了，索性一進來就給我們來個九十度鞠躬，以示交代。我們都是受過長期淑女訓練的，他這麼紳士派起來，不好意思不坐下了。

機械呆板的律令、規條、法則，但凡是外界加諸他身上的，只要稍稍使他感到桎梏，他似乎一概不喜。他的人原是比那些都大而貴重，而他有他自己的法度，甚或比外界的更爲壁壘森嚴。

照說對於下課鈴聲，沒有誰比學生更加敏感的，但他鍛鍊成了不輸於我們的高度敏感，鈴聲一響，一錯眼就不見了他，一句臨別依依的話都沒有，像徐志摩的：「悄悄的我走了，正如我悄悄的來」，留下驚鴻一瞥的印象，更令我們低迴不已。

他是新來的老師，加入了學校那萬人矚目的男老師集團，周圍的女生又是一個人起碼好幾張嘴的，他免不了也謠言滿天飛。最戲劇化的，是他已經有一個五歲的女兒了。至於他的老婆的存在與否，更是在學生間醞釀得疑雲重重，撲朔迷離。

一天晚上，我夢見他帶著他女兒回校。那小女孩一點都不像他，短直頭髮，大圓眼睛，皮膚偏黑。他逕自進校務處去了，把女兒留在外面。除了對我妹妹（因爲不得已），我對小孩子是從來沒有多大感覺的。可是既在夢裏，少不免有點反常，我比我平時的爲人有愛心得多了，非常慈祥的問那小女孩：「你叫甚麼名字？」她說：「寧靜。」

有一天，他來上課，嘴角含著一絲陰笑，先不開口，黑板上寫了五個大字：

「有口不能言。」

轉過身來，指指我們，語氣十足個跑碼頭賣藝的：「你們的老師呀，」指指自己，「我——今天喉嚨有病，無法教書。」

他又在黑板上寫道：

「不能說話的人痛恨別人說話。」

於是我們說的話特別多。

聽他上及天文下及地理的談講，於我而言，由於實在見識寡陋，雖則趣味無窮，究竟只算是被動的灌輸；而詩詞歌賦，我極少也有那麼一點共鳴的能力。他對詩人的詮釋是：別人踢你一下，你沒那麼痛，詩人會多痛一些。

他曾經嘲笑我們學校圖書館的中文藏書，兩架子都不及他書架的一小截子，可見他家中藏書密度之高了。

他在課上唸的第一首詩是李白的〈清平調〉：

雲想衣裳花想容，春風拂檻露華濃
若非群玉山頭見，會向瑤台月下逢

又有文天祥就義前書於衣帶上的幾行字：

孔曰成仁，孟曰取義。
唯其義盡，所以仁至。
讀聖賢書，所學何事。
而今而後，庶幾無愧。

他說他喜歡辛棄疾〈青玉案〉裏的：

眾裏尋他千百度，驀然回首，那人卻在燈火闌珊處。

他當衆宣佈他是不吃乳鴿的——太殘忍了，活活的把小鴿子捏得窒息而亡：「有豬有牛給你吃，幹麼要吃鴿子呢。」過後我想，也許他是個天主教徒，要不就是一個徹底的反戰分子。

他不抽煙。「煙有甚麼好抽呢。」酒就不同了。我還記得他怎樣爲我們述說喝酒的妙趣。尤其是喝得半酣半醉，飄飄然的時候。他隨即搬出劉伶戒酒的故事來撐腰。這下子有機會譏諷我們了，他說得愈加繪影繪色，意氣風發：劉伶怎樣打發老婆去買酒，老婆不肯，要性子把酒杯酒壺一頓亂摔，苦勸劉伶戒酒，劉伶說那也好，不過得在神前起個誓，叫老婆快備酒肉；老婆見老公這麼鄭重其事，大喜過望，火速備下酒肉。劉伶神前跪定，有板有眼，有腔有調，祝道：

天生劉伶，以酒為名
一飲一斛，五斗解酲
婦人之言，慎不可聽

成班勸不住男人的婦人嘰嘰呱呱不爭氣的喧笑起來了。

他問我們：

「眞、善、美，你們追求哪一樣？」

我一挑便挑了美，興奮地等待舉手。結果眞善的擁護者都多，唯獨美，簡直沒有人，嚇得我手也舉不完，沒讓他看見。只有一個女孩子把手舉得高高的，幾乎連人都站了起來了。而之所以如此，正因爲舉手的人那樣少。這一來鏡頭盡被她搶去了，我看著欣羨不已。

他揭曉了。他喜歡美。

一般人對於「美」這字眼的迴避是可以理解的，它乍聽似乎淺俗不堪，浮而不實，主要是被人用濫了，產生錯覺，追求深沉的思想的人們，自然看不上。單就意義來講，美反不及眞善的明確結實，然其意境則是含渾天然、廣大包容的，處於若有若無、若虛若實之間，且已融合了眞與善，反之則未必。美的光輝當是柔和溫煦的，含有女性的成份，其於人、事、物之反射，應比較曲折含蓄。

至於他是否這種想法，無從得知，他當時怎樣解釋的，我忘了。

人們用「眞、善、美」來代表人生的理想境界，一個夢中的烏托邦。然而，光談理想是沒有用的，我們必須從實際的生活中認識人生的原理，由四周的事物窺探人生的玄妙。於是，周到的人們把自己對於人生的感想寄諸文字，以鐫口碑。從古典到摩登，我們這一類的話多得不可勝數，適用於各種不同場合：「人生何處不相逢，相逢有如在夢中」、「人生在世不稱意，明朝散髮弄扁舟」、「人生自古誰無死」、「人生何處不墳墓」、「人生如白駒過隙」、「人生一世，草木一秋」、「人生如朝露」、「人生如賭博」、「人生如舞台」、「人生如戲劇」、「人生如夢」……（也許將來還會有：「人生如電腦」、「人生如電動遊戲」、「人生如星球大戰」、「人生如超級市場」……正是前途未可限量。）我們擁有這許許多多前人經驗與智慧的結晶，左一個右一個替我們照明人生的底細，幫助我們了解人生的眞諦，而依然被它弄得手忙腳亂，不知所措，似乎太低能了。終於有一天，他忍無可忍了，說出了一句推翻所有至理名言的至理名言：

「人生爲甚麼那麼難以明白呢——因爲它根本沒甚麼。」

他除了不大看得起人生外，還看不起我們的文章。他說，若叫我們每人寫一篇關於母親的文章，攬在一起，一定分不出誰是誰的母親，言下不外是諷刺我們文學水平之低。

他錯了！那是不能怪我們的。天下母親本來就沒有多大區別，如何能叫我們寫出甚麼花樣來呢？無論多麼神奇的生花妙筆都是不能改變事實的。但我聽了仍舊非常生氣，立志養精蓄銳，伺機大顯身手。可是，在他教我的一年中，我始終沒有這個機會。

第一堂作文他讓我們隨便寫一個人物。我寫了篇〈賣五花茶的小孩〉。發作文卷那天，他當眾老大不情願的把我那篇文章提了出來。那個語氣，我因爲切齒痛恨，記憶猶深。像是在說：這篇呢，好是好不到哪裏去了，不過，時世不同囉，做人是不能那麼苛求了，不如放低標準，睜隻眼閉隻眼，勉強呢還有一線希望——眞是沒齒難忘。

過些日子有一篇描寫一次劫機的過程，題材是他隨便在一本練習簿裏抽選的。我在文章中用了「窩囊廢」三個字，發卷時他把我叫了出去，問我「窩囊廢」是否即膿包的意思。我高興極了，因爲有機會嘲笑他一番，廣東人就是廣東人，「窩囊廢」都不懂，是一個徹頭徹尾專吃畜牲的五臟六腑的廣東人。其實我自己原籍也是廣東，不過我編派起人來是不分敵友的，全人類要受害。

他非但認爲我們稿紙上的語言技術不行，連我們嘴頭上的，他也覺得有待改進。

「……一句話一樣的字眼，用不同的語氣說出，就有不同的意思，比如說一個人了不起：『他？了不起——』」他尾音吊得老高老高，「是輕蔑。如果說，他了不起，了不起！這是讚美。」

同學東一句西一句的頂他，一個問：

「那人家說你了不起的時候，用的甚麼語氣？」

「我？我不用人家說我了不起，因爲我知道我自己了不起。」

有同學做出作嘔狀。

他上課經常是這種氣氛，學生們全被他慣壞了；人一被慣壞，便有點不知好歹。那時班上有兩個女生欺負他好脾氣，硬是跟他過不去。一天她們照例遲到，捧著大疊的書，一進門就聒噪不休，東掉鑰匙，西落課本，坐下了，猶隔行談話，旁若無人，全然不把他放在眼內。我旁觀著臉上也辣辣的，彷彿做錯了甚麼事，很替她們難堪。其他同學想必也有同感，大家略帶敵意的注視著她們。她們鬧到這步田地，也算是勢成騎虎，自作自受，想要立即鳴鼓收兵是絕對不可能的，唯有硬著頭皮繼續胡鬧下去，保護她們岌岌可危的尊嚴。

他這座佛也冒火了，不高興的皺了皺眉，說：「喂，忍耐都有個限度喎。」這樣說著，臉上還是帶著笑容的。

他既然給她們搭了一道台階，她們又不是全無智商的人，忙不迭的踩著下了台，偃旗息鼓安靜了下來。

連這種輕性發作，我也只見過一兩次，別說罵人了。後來聽說他曾經嚴辭厲色的罵過一班中四生。他教她們世界史，不知甚麼事觸怒了他，他就罵了起來。我聽了十分震驚，他罵人的樣子，簡直無從想像。罵人罵得太少了，罵了一次，便大街小巷引爲奇談。

他喜歡自嘲。我從來沒聽他說過一句刻薄別人的話，但只要是關於他自己的，他甚麼離譜的話都說得出口。他的自嘲中有消極、任性、疲倦、蒼涼，不大尊重自己，因此不甚客氣了，怎麼樣都可以。這是種更和平、更大衆化、更平等的中國式幽默，苦澀中有親切。或者沒有一句話是眞的，然而遍佈著他性情中的光與影，明與暗。學生那麼喜歡找他談天，也許就是因爲他那份可親與熱鬧。

一方面也是他自知架子是擺不成的。學生四雙八拜的拜爲門下桃李，四時束脩、年節禮品、衣服鞋襪的把個老師供奉在家，那個時代即使令他無限嚮往，畢竟成爲過去了。更何況，推究之下，老師教授學問以換取目前的口糧，學生接受學問以換取將來的口糧，歸根究柢都是爲口奔忙，其實也沒有多大分別。

他又極好玩。那年運動會我們有遊戲這一項目。運動會前幾天，學生們在學校的側草坪擺了些磚頭演習。他出來看見，一時興起，西裝畢挺的，自己先就玩了起來，惹了許多學生圍觀，他也不管。大家紛紛笑他還沒大透。

又一次，我們在課上作文，他拎著把長戒尺渾室裏踱來踱去，踱得無聊，先是把戒尺撐在鞋面上走，然後又橫伸著戒尺，拿腳去踢它，愈踢愈高，直至全班眾目睽睽的觀看他表演，他還不知覺，仍在那邊玩得樂極忘形。過後發覺我們都在看他，他自己也笑起來了。電動遊戲在學校流行的時候，他也向學生借來玩。他想必爲玩吃過不少苦頭。他小時候是一天到晚挨母親抽的，他自己說的。

男老師中有兩個和他相熟。一天，正在上課，其中一個來到課室門口，進來一步，話還來不及說，他就一反身從黑板處取了一支粉筆，把粉筆在空中豎了一豎，望那男同事打了個徵詢的眼神，同時微微笑著。意思是問對方是不是來要粉筆的。他那男同事也不打話，只把手一伸。他隨即把粉筆拿了過去。

我每想起這一齣默片總覺得異常可愛。片言隻字都無，但是裏面有同情、有諒解、有幽默。假使把這兩位男性換上女性，那後果我眞不敢想像，眞是甚麼情調都給破壞盡了。

我經常好奇沒有女人在旁的時候，男人之間的談話是甚麼樣子的。我們平時聽到的都絕非最純正的男性交談，因爲光是女人的存在，便使空氣起了化學作用，變質了。假如有機會，我決不介意偷聽一下。當然，猜是猜到一鱗半爪的，無非是把女人批評得體無完膚，一錢不值，無一可以赦免。然終不及親耳聽見那麼富於現場效果。

相較之下，男人確實比女人沉默寡言，惜言如金，就彷彿他們的話特別值錢，女人不配聽。男人不說話，只好女人來說。所以我們形容一個人嚕嚕嗦嗦，總是說「婆婆媽媽」，從來就不說「公公爸爸」的。

他儘管慣在學生面前信口開河、談笑自若，也終有垮台的時候。一年的畢業典禮，在學校的廣場上，副校長給他介紹一對夫婦模樣的陌生男女。他多禮極了，又是鞠躬，又是握手，百忙中還不忘扶一扶領帶，不見他說話，光是傻笑，有點孩子氣。

我們國文課本裏有一課小說摘錄，主角是一位在寫字樓工作的女職員。

課文中某個地方描寫某個男職員「半個屁股」坐在寫字桌上，不記得是同人聊天，抑或同女人調情。我們的國文老師向來是享受當衆唸書的樂趣的，這次他唸到「半個屁股」，就煞住了，無論怎麼努力都唸不下去。同學們偏偏就要看他有沒有那個本事唸下去。結果全班捧著肚子笑得前俯後仰，因爲幸災樂禍，笑得益發起勁。他自己更是笑個不了，笑得臉紅了，不知道是羞紅的還是笑紅的。我唸來倒不覺得有甚麼難唸的，不過廣東話的「屁股」的確要比國語愚蠢一些。所以廣東人不厭其煩的採用「八月十五」。小孩子頑皮，大人就說：「看我打不打你的八月十五。」唸不出來，倒也情有可原。他始終沒讀完那句書。

就是這樣過完一年的國文課的。他有時候無意中看見了我，我會很高興，覺得做一個女孩是好的。在他那裏，彷彿得到對於自身的某種肯定。當時並不明白這種肯定才是人眞正的致命傷，因爲不能失去。一經失去，不是沒有了，而是，只剩下了否定。

記得中五那年學生會競選幹事，上課前全校在禮堂集合，候選人在台上演講。我站在禮堂後面。他上學遲到了，慢條斯理的走到禮堂，閒閒的倚著玻璃門，雙手撐住門槓。當時在台上演講的是五甲生，跟我同班。他笑笑的問隔壁的一個男老師：「五甲的？」我當下就有一種異樣的感觸，只覺得無限切身，而那問題必須我親口答，親自解，親自結。是我的不解之緣。

我見過他的一本書，橙棕色封皮，丁望所著。以後在外面看見這個作家的書，總覺得很親切，好像它們都是好的，雖則我未曾看過。橙棕色那本我略翻一翻，全是評論文章。記得有同學問過他喜看哪一類文章，他說是資料性的。

學校一年一度的Halloween（西洋鬼節）話劇比賽，一次他是評判之一。司儀介紹他說：「溫文有禮，博學多才，你們可別看他吊兒郎當的。」雖係戲言，倒非全屬胡話。

我曾經聽見背後有學生管他叫「憂鬱小生」，因爲他有時候顯得愁眉不展，心事重重。

在我來說，他的風采淹淹然滲透在他的日常言行中，靜的動的，收的放的，無一不給我新的感動。而在他的華美與樸實的參差掩映間，處處見出他的光采流盼。只須他踏入室中，他的整個人便潑濺到處都是，沒有一根空間與時間的纖維不被他牽動。

上了中六，我也道聽塗說聽了一些他的趣事佚聞。一個冬日，他穿著他那件藍棉襖去上課，在課室裏就把棉襖脫了，掛在椅背上。學生們趁他背過身去在黑板上寫字的時候，暗中偷龍轉鳳，把他的棉襖換了其中一個女生的。那種藍棉襖在學校裏很普遍，不細心簡直看不出分別。上完課，他糊里糊塗的就把人家的棉襖拿著走了。學生們把他那件棉襖的口袋掏了個不亦樂乎。最後好像還是他自己不知怎麼發覺了，返回課室換的。

他給一班中三生擬過一道頗有創意的作文題目：「謀殺X老師天衣無縫的計劃」。有一個中三生大概是從來沒有殺過人，感到相當爲難，跑來請教我。我跟她密謀了一番，定計用糖果毒死他。聽說他喜歡吃糖果。可惜這題目沒在我中四那年出，否則我一定寫許多篇，殺他許多次。

中三淘汰試在這年開始實行，中三生很早便考試了。偶爾走經某些課室，會看見他在裏面監考，負著手踱方步。一次，隔得遠遠的，又看見他在監考，踱了出來，在走廊上立定，眺望著鄰校的球場。那球場有時是很乾淨的，像一張簇新的炭紙。偶或下過雨，沒甚麼人，一池池水白白的映著天光，那種明滅晴陰，總像人生憂樂一場。

他彷彿又有點悲哀起來了。

那時校裏的德文班辦了一份《半桶水》雜誌，僅僅在那班裏流通的。編輯我認識，因而有機會看到。她們第四期訪問了兩位男老師，一個是他，一個是他相熟的同事。他那同事的訪問稿錄口供相似，問一句，答一句，簡短至極。他就不然了，人家問一句，他滔滔的說上一大籮筐，口若倒懸之河，一發不可收拾。聽說那位採訪記者都不耐煩了，待要問下一條問題，他還好意思如來神掌一推，道：「且慢！我還沒有講完呢。」雜誌給他畫的漫畫，就把他畫得口沫橫飛、唾星四濺，表示這位仁兄「口水多過茶」。我看了笑得死去活來。他是一說起玩笑話來就不知道禍福吉凶的。

根據可靠資料，他訪問中有一段話被有關當局所禁，沒在雜誌露面。記者要求他澄清一妻一女的謠言。這麼難得的闢謠機會，他非但不加以利用，自己又造起謠言來了，說他根本沒有討老婆，妾侍倒有一個，另有兩個情婦，在尖沙嘴買幢房子給她們住。（這話不甚靠得住，沒有老婆，何來妾侍？）

記者問：「你哪來的錢養她們呀？」

他回說：「我用得著養她們的嗎？她們養我嘛！」

開玩笑那樣沒個體統，也只有他才可以了。怪不得人家要剪裁了去，以防有傷風化。

在他那種情形下，他的情婦只能是一類型：比他醜，然而，比他富有。漂亮而沒錢的女人給有錢的男人養，醜而有錢的女人養沒錢的男人，想來也是天經地義的社會現象，並對社會經濟有調整作用——窮的不會一味沒錢用，富的不會一味不用錢。

學校的校刊今年轉換風格，改辦文藝性質的，中英文合併。我忝任中文編輯，另一位同學當了英文編輯，並請了五位老師擔任顧問：中文、英文、經濟、美術、行政，各有職司。中文顧問本來是一位女老師，因體弱事忙，開會屢屢缺席，自動請辭。我和英文編輯商量之下，打算請他補這空缺。

那天偕英文編輯來到教員室，請他移駕出見。我不開口，英文編輯也不肯開口。他只管笑著問甚麼事。英文編輯拉著我往他面前一推，拿我做擋箭牌。再不出聲就不像話了，只好期期艾艾的表明來意，講得非常笨拙，費了不少力氣，誰知道講了老半天，他居然還以為我們是請他出任編輯。兩個編輯都站在他面前，他就有本事那麼糊塗。終於弄清楚了，他說，中午要出去吃飯，放學要回家，沒有時間。

我早就料到請不動他的。請他不如請菩薩，還容易些。人家中午是要出去吃飯的，學校的飯不配他吃；放學人家要回家睡午覺，然後趿雙拖鞋上街買零食吃。有他的街坊學生看見過他那副德性。

中午常可看見他和一二同事拉隊出外吃午飯。那群師赴食的活動畫面彷彿代表著小資產階級的窮酸，每逢看到，總覺得萬分寒傖。自己也不知道為甚麼會有那樣的感覺，眞是太缺德了！

中六的畢業典禮，廣場上照例擺列點心招待家長。那點心小得不得了，一口一個。但我們都是有著積年累月的社交經驗的，先是把袖珍的小點心運輸到衛生的小紙碟上，再端正的送進嘴裏，還不可一口吃完，必須細咬微嚼，分好幾口。他是用不上我們這些虛套的，想吃甚麼下手就抓，抓了就吃。他身邊總圍著一堆女生找他談話，他一頭吃，一頭還要應付她們，看樣子有點忙不過來了。

他不肯應聘充當我們的中文顧問，到底頂了個中文評判。那時我們為校刊舉辦徵文比賽，請老師們分別從事中英文評判之職。我和英文編輯一人三個。談起彼此的評判，便說「你那幾個」，或「我那一批」，沒點尊師重道的美德，就像在呼喚麾下的小嘍囉。而我最奈何不得他，文章給他拿回去批閱，聲明限期，他總是一拖再拖。我是常在英文編輯面前批評他的為人的。

徵文比賽有一項明文規定，參賽作品必須是原裝正版，未經改良的。

誰都沒出事，偏偏他那裏出事了。有中五生來投訴，控告他擅自改動參賽作品，質問他的時候，他居然還理直氣壯，說，學生放在他桌上的，難道不改嗎；不改都已經改了，怎樣！

我對那些中五生很不以爲然，那麼多事做甚麼呢。一方面也暗暗怪他，隨他愛改不改，可得高明一點，全都讓學生知道了，弄得大家爭風呷醋，竟至驚動我們這兩位編輯出馬調停。

聽說他的一班學生曾經對他的偏心大表不滿，發起全班性的革命。一次作文課，作文卷上全不寫名字，一律標上身份證號碼，使他無法看人給分。派發卷子那天，光是認領文章，便足足認領了一堂。

我和英文編輯職責所在，對於中五生的投訴不便置之不理，兩人決定大興問罪之師。放學來到教員室門外，臨時又斟酌措辭，如何使他俯首認罪。尚未作好軍事上的準備，只見他走了出來，往外走去。我急道：「他走了。」英文編輯不同意。她認爲他兩手空空，甚麼都沒拿，一定還會回來。在學生的傳統印象中，老師們無論返校離校，往往帶著書本、作業、試卷，或其他東西，女老師則至少手提袋一隻。但我堅持他一定是走了。兩人尾隨其後，察探備細，只見他一直往校門外走去了。英文編輯「哇」了一聲：「果眞是兩袖清風。」

次日早上我單刀匹馬前去審他。他高大的倚定門框，一味搖著腦袋，笑道，沒有呀，沒有呀，是有學生給他文章，當初不曉得是參加比賽的，曉得後就沒改了，沒有啦，翻翻而已呀。我見他那麼無知，又沒點雄辯口才，也有點替他不好意思，本來還要對他發出嚴重警告，好好恐嚇他一番的。這下子心也軟了，大發慈悲，不忍心再難為他了。結果我並未能完成使命，倒像自己給人罵了一頓回來。

從中英文評判大異其趣的處事態度中，中西文化的本質立見分野。英文評判多是樂於發表意見，且勇於據理力爭的，聽說他們為得獎作品的名次還展開了兩小時的激烈辯論。英文編輯的事務以此源源不絕。我那邊呢，似乎承襲了黃老之學的遺風，一個個有如化外高人，凡事不聞不問，沒個管事兒的。他更比別人多著幾分仙風道骨，終日踏著雲頭，仙氣逼人。所以我這中文編輯是當得極輕鬆自在的，閉著眼睛都沒問題。事實上也是閉著眼睛的。

徵文比賽圓滿結束，舉行頒獎典禮。我們的美術專門部也為評判們製作了精美的紀念品。典禮安排在放學後，我和英文編輯分別主持，請校長頒獎。但我那天有事，便把一切交給英文編輯。

日後英文編輯告訴我，他出場領紀念品時絕頂轟動，大有排山倒海之勢。他從包廂下來，到台上得走好一段路。他一出現，學生們的鼓掌聲加上喝采聲，熱烈非凡，整個禮堂都要塌了。校長跟他握手時，也笑說：「You're so popular.」可見盛況空前。我聽了非常快樂。

聽說同一天他還做下了一件德政。那天全級中五和校長鬧得很不愉快。那回事似乎鬧得很大，但我到現在也不知道是甚麼事。只記得他去上課，見那班學生情緒很不好，連連安慰她們，勸她們不要不開心了，他請她們到食物部吃冰淇淋，隨她們吃多少。那的確是他做人的貴氣。不知怎麼，我聽了又很開心。

聽說他有時和學生們不知是打完羽毛球網球還是籃球，就會掏錢請她們吃紅荳冰。他的慷慨有一次是我目擊的。那回是游泳比賽，在九龍仔公園，學生們圍著他要錢買零食吃。他一出手就是一張紙幣，好像是十塊錢。那是他正派磊落的虛榮心，可惜我無福消受，從來就未曾受用過他一口冰淇淋或紅荳冰。

學校七月初的賣物會（Fun Fair）我帶妹妹去玩。只見他在那裏逛來逛去，不時有學生同他耍鬧。他不知那裏得來了一把大黃摺扇，背靠著校務處那堵紅磚牆，和學生聊天，一面搧扇子，遠遠看去，就像一隻很大的黃蝴蝶，隨時會脫手而去，在陽光中遠走高飛。後來有學生手持水槍追著射他，射得他一頭一臉的水。他忙掏出手帕來揩。

不久我妹妹把我的錢玩沒了，不得不走了，我在人群中回頭找他……

……忽然間漫天漫野都成了黑夜，四下裏陡然亮起了千萬盞燈，唏唏嗦嗦永無止境地蔓延開去，像草一樣地生長。原來他在很遠很遠，那個燈火闌珊的地方……

記得他在賣物會點過一首歌，好像是〈Another Brick in the Wall〉，聽說是他喜歡的。當時聽了印象不深，只覺像在唸南無阿彌陀佛，單調而禪性，有一種屬於宇宙的乾寒的太空之感。來美國後，曾經有一位同屋有這唱片。我請她放這首歌我聽聽，曲調還是記不住。不過既然是他喜歡的，也沒有意見。後來倒是看了部片子，叫「村莊」，由這樂隊負責音樂。片子簡直不知所云，看看就睡著了，白費了我兩塊美金，也還是爲了這樂隊去看的。大約是先入爲主，被當初的印象魘住了。電影的背景音樂也還是覺得有一種蕭颯的乾冰似的寒冷。

我中四那年，他出過一道作文題目，問我們假使一切能夠重新來過，我們願意改變甚麼。我們的文章拿回來從來不會滿紙塗朱的，他用鉛筆，而且改動極少，通常只替我們糾正一些基本的錯誤。我那篇文章約莫太少年強說愁了，他認爲他有點醒我一下的義務，便在空白處工整地寫了幾行小字。那眞是稀有的好文字：

由靜中觀物動，從閒裏看人忙，乃神仙之趣，然人又豈能忘情，生命就是參予和接受，既不故作卑己，亦無須譁眾，只平白做去，終不枉費精神。

在幾個學生的紀念冊中他這樣寫著：

Whichever way I fly is heaven, myself am heaven.

人之患在於好說道理，道理說多了，麻煩便跟著來。

一個天生好說道理的人

靜養怒中氣，謹防順口言，小心忙中錯，愛惜有時錢。

看後最好把它全部忘掉

我偶爾看到過他較大篇的文字，看線裝書一樣，密密麻麻，不用正規標點的，光是輕描淡寫的點一點以示分句，連段末的句號也不用，實在不得已了，用個問號。以後自己使用標點符號，總有慄慄自危的感覺，但也沒想到要學他。因爲那是他的。

說了甚麼話，只要稍稍有「正經」的嫌疑，他就會發了慌，馬上來句甚麼「胡說八道，狗屁不通」，來挽回局面。所以他的文字括號特別多，隨時警惕著，不斷給自己下註腳，使人很替他擔心，深恐他一個疏忽，一腳踩進自設的陷阱裏。那種自覺性恐怕是長年累月自己逼自己鍛鍊成的，其間失敗過無數次，追悔過無數次。他儘管對外界這麼渾樸大意，我總覺得他於自己是極端嚴厲的，一絲一毫都饒不過，有一種陰森的清醒，由於憎惡，更加清醒了。他對自己才是眞正的無情無意。

來美後，一次因事打電話到這裏的中國歷史研究所，和接電話的聊了兩句，竟是他的舊校友，高他兩屆，只知道他的名字，不認識他。然而，我也覺得和通電話的人有著某種特殊關係，又和他談了些話。

那時我四周有五扇門赫赫洞開，清涼而通風。只須踏進其中一扇，不難發現仍有好幾扇門，敞朗而虛心地赫赫洞開。再揀一扇踏進去，也還是一樣的情形。那是種多麼可憐的幻覺，整齊矜貴，隨身攜帶在自己的思想裏。不需多久，便會發現自己悶死在自己的軀殼中。

到處都是門，但我們永遠也走不出去，因爲根本沒有出路。我們漸漸地也不會想出去了，安份地守著自己，自私而貪婪地生活下去，度過我們這可笑又可悲的生命，但我們總以爲它是值得寶貴的，無論經歷多少事情，多少次的失望與幻滅，都不會有所改變——然誰又能改變一切。

我想起一年學校的運動會，運動場附近有一條行人天橋。中午吃飯的時候，他獨自走上天橋，穿著一件舊黃的略像太空褸的外套。那瀟瀟的背影，是從恆古至今的人類的背影中，分出點來，撒落在那裏的。他在熙熙攘攘的人群中消失了。也許一直走到天邊去了。

又一次，我在教員室外的走廊上補考政治。他站在轉角附近，手裏有一張唱片，好像是披頭四的。他跟前站著幾個女生，也許是借他的唱片，也許是還他，在那裏笑鬧著。他背後不遠處有一扇窗戶，白雪似的光芒從那裏照射進來，因此辨不清他們的衣色面貌，只見一條條潑墨潑在那片眩目的白光中，潑出幾條鬼影來，有著夢境裏才有的神光離合。那些小女孩宛如一群快樂的小鬼魅。他幽幽影影地獨立中央，外面遍天遍地都是地老天荒。

我瞪視著眼前雪白的習作紙，身體內一股汩汩的寒冷，腦髓冰涼如摺疊的刀鋒。

我們是多麼孤獨。

一九八三・八・八～十

《聯合報》

細說——後傳

南鄉子

世夢只悠悠，了卻塵緣哭笑休。
又到平蕪曾綠處，
紅樓，煦煦春風憶舊遊。
莫說少年愁，解脫身心不繫舟。
萬里蓬山歸已遠，
深秋，燕去廊空水自流。

惜笛人語。

教我笛子的老師姓葉，男的，碰見他眞是我的運氣。那一陣子遍閱報章廣告，都沒有合適的。一日無事，經過彌敦道的一家樂器行，附屬的中樂班正在招生，便直闖進去報名。裏面老師眾多，依時間分配，也不知道自己歸哪個，是吉是凶全看個人造化。

第一次上課，葉老師進來，拿甚麼敲我肩頭一記，示意我跟他去。那一敲，定下了師生名分，從此耳聆指教的是我，青出於藍則在我了。

那次我在笛子的尾端吊了一隻玉佛，橙紅的穗子流蘇款款，葉老師卻說：「很多人以爲這兩個穿繩孔是用來穿繫飾物的，其實它們也有實際的用途……」

雖然他沒有說明繫飾物是錯的，但我就覺得極不好意思，第二次去就把小玉佛解下來了。

葉老師三十至三十五歲年紀，中等身材，長方形臉。大鼻子，大嘴盤。那張嘴，老是唇角裂裂的，永遠帶著點受傷的意思。然而他整個地是那樣耐看，乾淨俐落，衣服的色調溫暖和諧。他講話極文雅，一個字是一個字，不速不緩，吐音清晰，著力很輕，附於形則是摸上去厚厚軟軟的絨質，本身即是暖的。坐在葉老師對面，聽他講笛子的種種，覺得他一舉手一投足都顯出他爲人的恬淡祥和。較之於有魄力有衝勁的年輕人，我更喜歡葉老師這種。前者無非是待開的朝花，時辰到了不是開的，是爆的，一蓬蓬爆得不亦樂乎，色彩濃濃的要染沒周遭，急迫的要擁抱一切。像葉老師，是讓歲月沖淡了的，爲人的根柢已經很深厚，完全禁得起平淡的日子，連偶露的倦容亦是淡淡的，不與衆物爭持。

記得剛開始學笛子是秋天，學完出來一街的秋氣高爽，空中炸著金金的炒栗香，我就一路笑著回家。

然而我竟不是學笛子的天才。認明眞相後，我心裏非常難過。我甚至不是庸才，而只是個蠢才。跟我學鋼琴一樣，我的節拍略差一籌，對音準的敏感度也不夠，吹起來完全是感情用事。初學的階級，用氣不得其法，唇肌和喉部繃得過緊，脹得臉紅脖子粗的，畫成漫畫是七竅噴煙，頭頂冒氣。通過了這一關，便是學吹高音。風門不得掌握，不是太鬆，便是太緊，緊得風門沒有了，兩唇摩擦，「噗嗞噗」一聲，擦出口水花，簡直是嘴放屁。那一刻我難堪到極點，想夾著尾巴落荒而逃。葉老師只是輕蹙眉尖，笑一笑，覺得你不甚可救的樣子。

有時候在家裏吹得滿意，信心十足的到葉老師那兒，一吹之下，功力只剩下一半，另一半驚嚇得化掉了。笛音忽跌忽捽，忽得忽失，不成言語，覺得自己來自未開化的野蠻民族，單單會哼哼啊啊的叫痛。

無論如何，那小小隔音室裏的笛聲到底日益清順了。反過來吹從前的曲譜，居然得心應手，也有餘裕多用點感情，眞是萬分高興。然而這當兒卻沒機會學下去了。像我這種材料，無論怎麼自行苦練，亦難有進境。我不知道葉老師是不是最好的老師，但若干年後，我說甚麼都要找他回來教我，我還要跟他學古箏呢。

一次在樂器行的櫥窗看見一列相片，大概是宣傳用的，內容是各老師在教導學生的情形。我詳看了，仍舊覺得葉老師好。那是冬天，他穿一件淺灰絨外套，正在教一個女孩子拉二胡，亦是一般的穩定親和。

又一次，上完了課，他叫我到隔壁書局買一本笛子教程。後來他想起有話忘了交代，到那書局找我，兩人出來站在街上講話，日正高張，他以手作簷，蔭住了臉。離了那隔音室，我竟覺生疏。有時候正在上課，有人叩門找他，是他同事，和他熟絡的閒話兩句，我亦會認生。幾回早到了，在室外稍候，上一個學生出來，和他道聲再會，他也應了。我這才發覺我從來沒跟他說再見，他也就不講。一天，因時間有所更動，他打電話到我家，自稱是：

「××琴行姓葉的。」就像我打電話到琴行去，說是：

「我在你們那裏學笛子的。」

在室內吹笛子，使人無用武之地。笛音撞牆碰壁，摔摔跌跌，如果它們是活的，一定都撞得焦頭爛額。陽台上就不同，放生一般把笛音放出去，笛子的開明廣闊盡皆出來了。晚間對面是熠熠燈火，市聲沉澱，而笛韻嘹喨，彷彿是天籟，凡心一動落在紅塵，從此生於民間長於民間，有風則更好，笛聲自身是風，送到很遠的地方，那裏有人聽到了，夢魂一驚，忽起遼遠之思。日間也有日間的情調，望出去盡是密密沓沓的公寓洋房，馬路上轎車一輛接一輛，遮陽傘像鮮艷奪目的花蘑菇，上坡的上坡，下坡的下坡，賣豆腐花的戴頂草帽叉著胖肚子一路吆喝上來，陽光把遮陽篷下的灰塵照得細細活活，吹吹笛子，有一種人生在世的感覺。雨天吹起來異常氣悶，笛聲鎖在雨簾中，承不了上文，啓不了下文。可是笛子還是要在山頭或草原上吹，才最能領略它的春光明媚，春意剔逗。

一曲〈牧童短笛〉，我最喜歡，葉老師以二胡替我伴奏。想想還是該由牧童來吹，牛背上一挫一蕩，那樣的悠閒，日出而出，日入而入，雞鳴桑樹顛，落霞趕炊煙，好像歲月也在那兒踱來踱去，老也不走。我是城市人，城市的悠閒是小型的，偶然得來的一小撮，設法要把它消磨得値得，有回味，連那心情也是焦急的，我在這裏吹，老師在一旁拉，光陰匆匆地去了。

〈小河淌水〉，最是高亢婉轉。河水汩汩不休，笛聲去到最高點，河水湍瀨，像望眼欲穿的穿字。我覺得這「淌」字很好，使人想起眼淚，收一收又泛出來，收一收又泛出來。

〈金蛇狂舞〉節慶時吹，曲譜左上角標著「歡樂地」，中國的節慶，該有鑼鼓鐃鈸，鼕鼕嗆嗆，熱鬧非凡，如今只有一管笛子，吹來吹去都好像曲終人散，愈吹心情愈寥落。鑼停鼓息，一地燒完炮仗的暗紅紙屑。可能都不是，是我不夠活潑。

〈弓舞〉是太熟悉了，總誤當作〈將軍令〉，是十年前粵語武俠片的武打場面也拿來做配樂的，家常也能隨口哼上一兩句。因爲這緣故，整首曲子哪裏該打個突頓，哪裏該抖擻激揚，皆知個透裏透外。當初技巧不行做不到，後來略有些把握了，更如故友重逢，吹得興興頭頭，每次都像有一段盛事正要開場。

葉老師會演奏的管絃樂器至少有四種：笛子、揚琴、古箏、二胡。簫笛比其他樂器與演奏者有更切身的關係，因爲用的是氣。聲由氣出，音由聲出，不只精神，連整個身體都要投入。笛子音色清亮圓潤，悠揚處絕倫無可匹比，悽傷之曲落到笛管中也帶幾分高揚，公然說與天下人知曉，讓他們評一評，想一想，縱無結果也須得個分明恩怨。簫則是萬般情緒訴與自己聽，別人偷聽亦可，故此一扇戶牖，幾家民房，可以是簫聲徘徊地。簫身長而孔疏，我手小不宜吹，男孩吹比較好，但人必須有個深沉壯闊的背景。簫聲有它聊齋的一面，因爲音質上帶點沙嗄，總像濃霧噴噴的，老有縷縷白煙從簫嘴冒出來，不費勁的就送到很遠。我聽簫聲又有空靈之感，像斷崖上蕩回來的回音，也可能就是笛聲的回音，吹夢成今古。

揚琴也是男孩子的，我卻不大懂。每逢葉老師替我用揚琴伴奏，我會非常激動，想著千萬不可吹錯，往往就錯不可遏，把氣氛破壞得內疚好半天。揚琴琤琤琮琮，紛紛繁繁，鏗鏘中輕盈可喜；許多東西要交代，但交代得有條不紊。它不是激烈干戈，也不是大喜大悲；它只是很講道理的，跟你從頭道也行，跟你典故一一數也行。

古箏是女子的，人要素靜，不可太醜，且要低眉垂睫，一派清簡。女子彈箏像私語，三疊愁是她，夜思郎亦是她。一種淒婉處，萬物皆沉靜下來。其實我亦喜歡男子彈箏，但是人要清明素樸，琴心是對物對人，若過分顧及自己、又心存慾念，琴聲便低濁了。

二胡無論如何是男子的。簫笛是情緒多於故事，二胡則是說不盡的故事，拉來拉去拉不完。想像中拉二胡的該是個長方形臉，瘦、窮——至少不能太富裕，穿一襲淺灰夾袍，在露冷的小天井裏，老榕樹下，滿地青白的月光像碾碎的玉，夜闌人靜了，想起住事，眞是唉唉唉三聲唏噓，一段滄桑；巫山一別，爲雲爲雨今不知了。只是整個心沉到很低，然而看得淡了，拉起來反而摧盡他人肝腸，自己縱有感觸也無感動。

百般樂器，無論吹彈敲撥，皆不可有表演之心，此心一生，魔障即生，就算多精通也是不成大器的。

要總結的話，還是要歸回本題。惜笛人說惜笛話，有此兩句：「暗紅塵霎時雪亮，熱春光一陣冰涼」。

一九八一・十・一

《大拇指》第一四一期

惜笛人語——後傳

——一闋清涼從此絕，吹笛年華逝不歸。

我沒有把笛子學下去，閒來也完全不把玩，往後也沒再學任何其他樂器。那枝紫檀木鑲金邊的漂亮中國笛也不知何時弄丟了。

販夫風景。

只要是夏天，「豆腐花」的吆喝聲便一路熾熾烈烈要斷不斷的，坡下喊到坡頂，然後又一跌一宕的滾回去。那是個瘦瘦小小的中年人，黝黑的臉，老戴頂窄邊草帽，大概喊慣了也就聲如洪鐘，一條線直衝七重天去的高亢。每回見他總覺得眞是少見的瘦，露在短褲下的腿乾巴巴的，叭叭叭像鴨子的走步。

我們不常買，嫌麻煩；逢買必用家裏的碗，怕他的髒，會得肝炎。暖烘烘盛滿一碗往回端，往往以爲盛著一窩雲，陽光下笑得好開心的樣子，眞的難道不是，雲竟在我手裏呢，一朵開心的雲。

他也賣腸粉，那是早上的生意，還有其他粉果白粥拉拉雜雜的。在這兒做開了，讓警察逮過仍不肯走。有時候一個女的幫他，想是他女人，胖胖圓圓，兩人併立簡直點錯鴛鴦譜似的滑稽。照理胖人愛笑，但她不笑，亦不說話，甚麼都聽男的；男的兇兇的咧嘴罵，她只唯唯諾諾的應。不過她十分慷慨，分量作料都給得多。一回買腸粉，說要多點醬油，她提著醬油壺噓噓地澆，男的一把奪過來，開口便罵：「要死了你，給那麼多……」女的不則聲，亦不委屈，平靜得甚麼事都沒發生。看他們眞好玩，一個願打，一個願挨。

流動雪糕車是淺鮮的綠，一汪一汪都是它耀眼的綠。遠遠便可聽到它清脆玲瓏的童話音樂，老是那幾句，反而老是聽不完。車子像那種上發條的玩具，發條上滿了，車子一邊行一邊撒碎碎的音符，像一個流浪小孩的歌唱，唱自己的生涯，傾訴他多麼歡喜的來，又多麼歡喜的走。

雪糕車一停，四面八方的小孩子都圍攏來，一人一杯冰淇淋高高興興地離去，而雪糕車是做完善事的賣藝人，慈藹萬分地瞧他們笑。太陽也陪著笑，一蹦一跳地熱絡，這下子冰淇淋一滴滴猛淌，小孩趕忙舔救，舌頭伸得長長的；一滴沿臂彎溜，又忙著舔臂彎，就這麼狼狽的舔去童年。

棉花糖不常來，來了安頓在對面大廈門口，挨近賣冰淇淋的，沒事有一搭沒一搭的跟賣冰淇淋的聊。他頭髮盡白了，蓄平頭，一髭髭短樁子在腦勺上砌梅花樁，卻有一張四十多歲的臉孔，怪怪的。他非常喜歡小孩，逗得他們咯咯的笑，更叫人想起童話裏的善心老藝人，在街頭做木偶戲給小孩們看。買棉花糖，一枝空棒子繞著輪子轉，輪子嗤嗤地吐絲，結成一個碩大的球，比小孩的頭還大，粉紅色，又是一朵天上的雲霞。簡直吃空氣一般，幻滅之快的，咬一口，便沒了，僅僅留下糖液在齒縫間。額上、鼻尖、下巴，都沾得黏黏地。

糖炒栗子較遠，得下好一段坡路。老遠就聽到炒栗子聲，一鑊鑊盡是跳跳脫脫的冬陽，熱辣辣、香熾熾的。冬天在栗子香中竟也不冷了。

賣栗子的是個年輕小伙子，通常都赤著肩膊，大北風中也只一件單衣。人老老實實的，也不和誰搭訕，要多少給多少。我反而喜歡這樣的交易，不言不笑中，自有人間情味。他是個有商業道德的，我吃遍那麼多攤子的栗子，終歸是他的好。栗子是太小的不好剝，太大的不香，中等偏小的最佳。就算外面有上等貨，我亦回來才買，好像他這兒是我家鄉。

我每經過必看見一碟閃蠟蠟的栗子，炒得爆裂了，裏面的金黃作勢要躍出來，可是殼兒始終欲吐還休，看得人愈發饞了。我至少得買三塊錢，大銀洋打在瓷碟上傾拎哼楞，是生意的直情直性。我也喜歡那盛栗子的長木桶，老讓我想起韓國的長鼓，說不定敲擊起來也可伴歌成拍，那碩大的鑊實在是豐富的礦藏，一粒粒棕色殼兒裏都是金；而且鑊邊是個避冷的好地方。

一九八一・八・十六

《明報周刊》第六六六期；第二屆中文文學獎散文組第一名

販夫風景——後傳

這篇文章被轉載的次數最多，而因爲曾多次被選入初中年級的中文教科書，可能在十三四歲的小孩當中流傳最廣。有時我不禁會想，文章裏所描述的情景其實已從這群孩子的生活淡出已久。跑到家樓下買碗豆腐花、吃碟豬腸粉的浪漫童年樂，恐怕從來不曾是他們日常經驗的一部份。

哪裏會想到有一天會成明日黃花，哪裏會想到香港街頭小吃亦自有興衰。魚蛋、雞蛋仔、燒賣、烤魷魚、紅滷雞腳、蔥油薄餅、缽仔糕、甘蔗、鮮榨椰子汁……小時候都熟知哪條街哪家戲院門口有賣的，在我成長後的年代陸續絕跡街頭，轉而移師地面商舖、茶樓、便利店、超市。剪刀噹噹蒸氣騰騰，各式小吃街頭迤邐到街尾的庶民風光，俱往矣。

糖炒栗子現在超市有賣塑膠袋裝的，連殼都給剝好了。也有袋裝小甜薯，我沒買過，不知是否皮也給剝好了。不過也還有尚未遷入舖頭的，每入秋在路邊架爐現炒現烤，聲浪香氣撩撥得秋日街頭復又生動起來。忍不住幫襯都是因爲爆裂番薯皮淌一身黏搭搭糖漿的樣子最誘人，而且還不死心會揀到隻古早年那種糖心的。不過重點仍在於和母親一同重溫靠近爐邊挑揀、回家掰一個分吃的樂趣。

淺嚐兩回也解饞了，然而日暮黃昏裏，聽見販子一聲聲熱切叫賣——靚女，靚女，好甜栗子，十蚊一包！——一顆冷心都給叫暖了。

水遠山長
愁煞人。

有一天，我忽然決定從此不寫作了。

來美國半年間我的文章有三，首篇經朋友催促，生活起居尚未就緒，先閉門寫足四天，結果破爛不堪，但我借火般借到狡辭，台階下得咚咚響。次篇〈春花亭亭立〉，已經感到力弱。第三篇說來話長。故事構思達半年，輾轉腹騰不下百次，好容易等到開筆，寒假一人借住朋友家埋頭寫了十幾天，晝短夜長日子漫漫無休止。屋子裏暖氣不夠，冷得抖擻不起，清早簾幕一拉，夜間下過新雪，街上謐寂無人，我搓搓手勉強又回去寫，只覺透骨清冷。入夜了四壁冰森，暖氣口裏偶或傳來樓上男女說笑聲，彷彿一支管子通到外面的人世，那裏笑如珠玉，珠玉琳瑯，叮叮登登都滾到洞裏，洞中一燈燃亮，我燈前頻呵手，花一整個晚上下定決心，再花一個時辰紙上落墨，然而真是力不從心了。待寫完數數足有四萬五千字上下，眼高手低，出來得完全不像，一疊疊在一起厚甸甸，我竟無絲毫感情。居然荒涼到這種地步了，居然這樣荒涼。

不多久我終於把存稿扔棄了。

春假我天天惦著寫文章，但一種情懷維持不了幾天，幾乎一天開一篇，一事無成。是那時候我突然就不想寫了。我一腳踏空跌落了幾千丈。書不唸了，房裏呆不下，吃不好，睡不著，不加衣冷風裏走一段路，泡電影院，泡狹隘嘈雜的咖啡館，對自己厭倦到極點。但我的心底是相當明晰的，像瀕死的人豁然清醒，意識世事去遠，然而日暮天遙，全和自己沒有了關係。如果人生是行舟，我是來到了山窮水盡。前而恐無柳暗花明，退而不記來時路。我爲人世惋惋地感到憂傷，它的許多事我非常認生了，不了解是做甚麼的，憐惜它，可是它隱隱有衰亡勢。太陽之下，天地荒荒，竟沒有一樣是眞的。否定一切這樣容易，肯定一切這樣難；究竟要流多少淚，才能把欠這人世的淚還清呢？輕舟載負多少愁，便會舟覆人亡呢？遊冶至此，我惟欲以袖掩淚，淹沒消沉。

是高叫我漸漸回心轉意的。我總是面對心喜的人，會在他身上重新看到自己，思省自己。江山人才，如夢似眞，單單爲了他們，人世便是可珍惜。

那麼，現在我又寫了，一下子又有事可做，而且是終生之事。許多心情是不會有人懂得了，對外人語，語之不詳，不過終成虛話。人生處處那麼艱險艱難，自己的憂患，唯有自己最清楚明瞭；長年的抑鬱，累月的緘默，要說也眞箇不知從何說起。

我且說高。

遠在春假以前便認識他。他在我宿舍包伙食，午晚兩頓，夥同東南亞留學生一淘，大吃大喝，完事兒拍拍屁股各走各。我和到人群裏就僵，一個香港女孩硬要替我介紹，我老大不願意的將就了，她從左到右逐一點名過去，我只記得高的。他坐在最邊邊，著天藍襯衣寶藍牛仔褲，喜氣昭彰於外，年紀三十望五，笑著讓路。我一看這人長相竟是好，非常熟悉，好像本來就知道世上有一個人是這副嘴臉，今方碰到，若若忽忽要起些驚異。

但我新來乍到，兼無心思與人交往，沒有一天好臉色，衆人多不與我搭訕，所以我甚自在。可是高稍理會我兩句，我又會感激。衆人中惟他像個大小孩，場面上機心忌諱全無，有時講話沒個駕御，開到哪裏是哪裏，「董」一下子失事了，衆人皆遭殃，獨他一人糊裏糊塗的逃了命。在街上碰見你了，他會萬分驚異，高音長長的「A……」一聲，詫笑著，好像你本來不應該在這裏的，但因爲認識你，所以他高興。他遇事每較其他人覺得新鮮好玩。許多東西我不以爲奇了，就算未有所聞，亦冷靜持重的認爲天下無奇不有，無謂大驚小怪，讓人笑話。但他特特會嘖嘖稱奇，「A……」一聲詫笑起來，因此舊事翻新，老生常談，亦新意不衰。

有一段時期他當一個同學會的副會長。同學會放的電影我去過幾次，都有他在負責，常要站出來宣佈同學會的活動，糗得不得了，我鬼鬼的直偷笑。

眞正跟他熟起來還是春假前兩天，他一見面跟我說，看電影去，看電影去，我說不行，晚上有課；他叫我翹課，我說我這一課僅八個學生，我平常不發表意見，就靠這「每堂必到」分。第二天一見面他又號召，看電影去，看電影去，我說好，於是晚上兩人呼嗞呼嗞的冒著寒風去了。

那一陣子我文章上不順境，異常氣悶。一天中午吃飯跟高說決定以後不寫作了。他愣道：「不寫了？」我說不寫了。「怎麼不寫了？」我說不想寫就不寫了。要這樣強調，寧是更怕自己不信，及後上樓自己寢室裏坐坐忖忖，春假了宿舍空空冷冷，我起來找古詩源讀讀，連把久未揭閱的書一棟捧出逐一翻看，一看之下不得了，眼淚潑哩潑拉流了一臉，驚痛悲愁不知哪一種。晚飯後仍然悵懷難遣，陪高走到他家去。光陰在暮色裏的白雪簷下一寸移一寸，但覺歲月老人，不想做別的事，一天一天的只是老去，光一個冬天，人就老盡了。

地上結了薄薄的一層冰，走在上面，恰像我對寫作的心情，然而高說，像我寫東西的，既然可以勞筆舒洩，應當不會心情不好；把感情寫出來就是了嘛，又不是要寫出甚麼大文章來。我循此一言尋思起來。我到底是要把寫作來怎樣？或者單就爲了個沽名釣譽，我眞有那麼俗濁也說不定。是不是起了個頭，不想夭折；但苟延殘喘，又値得幾何？其實我也可以像其他大學生一樣，一心一意把目前功課搞好，就沒有別的了，那簡直容易；我便不寫，還有比我強幾倍的人寫。爲甚麼一定要？是我太拿它當大事，傷了它，亦傷了自己嗎？周圍的人沒有誰覺得對寫作要像我這般綿綿磨磨九轉柔腸的多曲折，因爲不是事業。事業是小了，它好比生命中一場盛事，千古難逢唯怕錯過。

到高家了，他邀我進客廳坐，開電視我看，給我一隻紅蘋果，我說不大愛吃蘋果，他說：「喜歡吃柳丁是呀？」我答是。兩人默默地坐一晌，沒大講話，我只是非常寂寞了。事到如今，也許該把一切情懷永生埋沒掉吧！

回宿舍我燈也不開，傍窗佇立良久。來美這些日子，特別清切記得就是這黑黑的房間。尤其週末室友離開，晚飯上來就是這黑黑的房間在等著，外面暮靄沉沉，暮雲惻惻，我一直守到暮色褪盡了，黑夜魅魅祟祟匍匐而來，日子像深深魆魆的隧道，好長好長，永遠沒有出口，整條隧道是自己的回音。

一天晚上高請我吃意大利餅，是他先前答應我的，說那一家的好吃。一席話，講的他台北桃園的家。新購的房子，有六十六坪大，兒子在客廳跑來跑去，只覺得客廳好長，還可以在裏面放風箏。高的年少歲月大部份倒是在桃園過的：大學幾年，留校任教又幾年，今番回去當副教授，四年後可當教授……聽他幾年幾年的數，霎時時光飛逸，此時此間怕要把持不住，然而他隨口講來極之欣然，性氣淡定。換了別人，海闊天空過慣了不一定勒得住，但他只是回去桃園。那裏是他的海闊天空，他的根。他又講到他家中一姊二弟，小弟快服完兵役，希望來這裏唸牙科，如此這般，等等等等，完不了的諸如此類，眞是悠悠人世，相對隔座看，歲月來跟你從長計議。他使我想起中國的小戶人家，新年送舊年，新計替舊計。家家門後，成群兒女梯梯級級的次遞長成了，出門的，遠嫁的；回來的，不回來的。曾幾何時，隔個籬笆打個招呼，原來你企圖的我也企圖過，你追求的我也追求過。回過頭來，閭巷之間，日長歲久，平平安安。

但我轉覺心下惘惘，他只是回去桃園了。佳節難得，良辰總多虛度，眼前好景又何嘗能夠長相與共。可也罷，我自有我的狠心處。實實算來，世上緣法，多是一時之緣，有緣便是福了，何能求它此生不盡呢？我自知聚散尋常，可是一旦有別離，我有時會覺得是訣別。比如幾年前在台灣與天心作別，我說今後恐無再見日期，她卻穩當怡然，說必不會，果然年半後我又去了，恍恍惚惚，彷彿死裏逃生去見她，這也許是我對百事疑惑不定的緣故。高使我看到他的無疑問，甚至連這問題也多餘。他的人，與這世上的一草一木共存共生，這樣相親，沒有疑與不疑，信與不信的，他待人亦如此，誠字當先，不想到要有諸多禁忌，因爲不想到有人會被得罪。人家待他有虧，他都懵懂不覺。他亦不覺得要和人比較。在他來說，正就是好，不正就不好。世間事無疑多層多次，於他卻是淺白清澈；不計較便沒有了，多計較多分析，自然沒個了結。很好笑，在他面前，明晃晃地看到自己隨處都是心眼兒，左一個右一個，蹦來跳去，甚是活躍。他雖然山東大兄不察的時候居多，一次亦戲用閩南語說我奇怪，我以爲他說我多機關；不過兩者一轍，無大分別。

不幾日兩人看完夜場電影也是在這餐廳坐。電影我前一天晚上看過，橋段複雜那種，看不出所以然，說請他去好替我解釋。他興趣不大，問是不是他不去我就不去，這樣的話休去了。我想他看電影容易覺得沉悶，這是懸疑片應當合他口味，這晚上不去他必是看不成了，而且我去不去才不憑他作主呢，於是硬口說還是去。

餐廳裏坐定了他說好看，看懂了就好看。眞是！讓他受益了還巴巴的受他諷刺。那時我身邊剛巧帶得有線裝古詩源卷九至十一，是我預先便打算來此坐，他若不來我不會落得個悶坐，兩人遂翻了讀，他叫我選一首好的與他，我頃刻翻到了：

人生無根蒂，飄如陌上塵，分散逐風轉，
此已非常身，落地為兄弟，何必骨肉親……

接著兩人就著壁燈讀了多首，許多生字，老大不識，我告訴他我爸說的，有邊讀邊，沒邊讀中間，沒中間讀上面。如此甚妙，又讀。讀到陶淵明的〈桃花源記〉，他異常興奮，說這個他認識，高中讀過，搶過去一溜嘴亂誦，和我商量一下秦始皇姓不姓嬴。須臾翻到一首叫〈綿州巴歌〉的，沒有正式標點，搞它不通。這樣子：

豆子山打瓦鼓揚平山撒白雨下白雨取龍女

我們先是三字經般唸，最後兩句則五字一句，不知怎麼白雨那一塊不大對勁，爭來奪去的唸叨一番，他氣焰陡盛，說我來我來，搶去了，狠狠地唸：「豆子山打瓦，鼓揚平山撒，白雨下白雨……」笑得我差點兒滾地爬。

我發現他不知道納蘭，氣，非教育教育他不可。寫給他一闋納蘭詞，說的是：「風習習，雨纖纖，難怪春愁細細添……」他十分喜歡，認眞模樣，揣到懷裏要回去背。數日後逮個機會問他：沒了這回事了。

以後見面我們常交換彼此飲食起居的資料：幾點睡的，幾點起來，實忙甚麼了，白忙甚麼了，他趕電腦功課，昏天黑地幾天才睡幾小時，我考試在即，昨晚又連篇惡夢……一天我問他平日剛起床是何感覺，我說我會很難過，不想活了的感覺。他說起得太早了會。（那時我上班有兩天要五點半起來。）你的呢？「罪過。」他說。補充道：「睡得太晚了，趕快爬起來。」翌日他又報告他人間地獄的生活，好無聊，這個做不成，那個做不下，一覺睡到大天光，唉呀好難過，命苦呀！

那幾天我有些咳嗽傷風，以爲微恙，不料見嚴重了。他要我試服他的藥。我晚飯後有課，他正好回家裏拿，約定亞細亞圖書館等。下課果然去了，當時服下他的藥，過後找出光華雜誌刊載關於天心一家的報導他看，正值天心的得獎小說《未了》聯合報上登了，我便也坐下看。我身體不適，那麼大一篇文字無法看得下，單看了「得獎小感」，她的叫〈人身難得〉，也沒講的甚麼，講她大一心緒寥落，不寫文章不交朋友，一日收到爺爺信，躺著開拆，信封裏那一季早春的梅花灑得一頭一臉。眞的沒講甚麼。然而我平地平水竟是大大的起震動，牽牽繫繫看復看，吩咐高也來看了，他影響全無。唉，也許，也許天心那時的心情，就是我現下的心情吧。也許眞是這樣。我覺得又想兩腳踏地重新走起一段路來。開始走，走下去，走完它。我想起「平白做去」這句話，好一箇平白做去，果眞如此不易。省起自己平日的行事爲人，有多少是譁衆取寵，聲嘶力竭？有多少是卑己卑人，輕情輕物？

是夜寢室中我心意滿滿，作息不穩，偶翻書翻到兩句：

……輕舟小棹唱歌去，水遠山長愁煞人。

頓覺心中一陣辛涼。眞是水遠山長過來的。我是輕舟一去不復返了。文章是我一路上的山光水色，山明水秀。其實並沒有山窮水盡，亦沒有柳暗花明，可以只是此時此地，欸乃一聲，開出豁亮天下，青山綠水原來一直無變改。我既來了，定不負山的高，水的清，也許將來潦草收場，慘淡徒勞，可是有這一路風光，我的一生，便可自成景致。

此一歷劫毀，高自是不知。他還是好好的約我看午夜場，但當晚因事耽延，誤了入場時間，只好打消去意。橫的不行，來豎的：吃東西去。吃完到他家，他要給我一包魷魚絲。三月中旬，春寒有雨，沁沁撩人意。他告訴我他昨晚上聽到今年第一聲雷響，好大一個霹靂，告訴我密西根的春天最好了，眼看它芽發葉長。這天才抽的芽，第二天就壁壁剝剝爆出一樹新嫩葉子，轉瞬間那個花全開了，鳥鳥雀雀叫個不住。

到得他家兩人身上濕掉一半。他尋出魷魚絲給我，他有一包開了口的，已經去掉一半。我們在外面的最饞的就是這種東西，這麼一大包給了我，他自己沒有了，他捨得，我倒替他捨不得，況且我牙齒也不管用。但當時還他，必不肯受，倒要想個甚麼法子還他才好。他搬出錄音卷我挑，其中黃友棣合唱歌曲裏的〈思我故鄉〉及〈遺忘〉他最喜歡，便挑了那個。

雨下得愈發起勁，撐傘出來，烏光水滑一條街，浸成淺淺燈溪。路邊有些骯髒殘雪，世界沒它的份了，落得靠邊蹲。到宿舍輪到我是主人，天雨有客來訪，該當喜歡。燈一開，窗簾拉拉，桌上床上雜物收收起，讓客坐，把我的歌放給他聽，他皆稱好。我想起天心她們唱過極動聽的民謠，問他曉不曉得。他提到〈回憶〉，我想這就是了，好像還是遊富岡歸程上唱的，車上好些乘客和聲唱，印象極深，難以忘懷。這條歌追本溯源竟是高的高中學校裏兩個老師合作寫的，他學校把名氣唱響了。我央他教我唱，他哼哼哦哦半晌，記得是：

春朝一去花亂飛，
又是佳節人不歸；
記得當年楊柳青，
長征別離時。
連珠淚，和針黹，繡征衣；
繡出同心花一朵，
忘了問歸期。
思歸期，憶歸期，

往事多少往事多少，
盡在春閨夢裏；
往，事，多，少，往，事，多，少，
在春閨夢裏。
幾度花飛楊柳青，
征人何時歸。

清清哀哀，迴迴怨怨的一支曲子。以後月圓月缺，我回宿舍的夜路上時時唱起，三分飄零，七分淒涼，使我想起王維的〈渭城曲〉。青青濛濛的清晨，有雨洗楊柳濕濕新新的氣味，路上微聞車馬聲，塵土靜靜揚起又落下，陽關不遠了，此地一別；西出陽關，便無故人。

一日下午慵慵悶，高打電話來，要「煩一煩」我。我吹風筒插頭不配派不上用場，他這電機專家毛遂自薦替我修，巴巴的來了，眞相是：吹風筒頗爲正常，是我太笨了。他歎一口氣說：「這個容易——失業了。」我大發慈悲替他謀業。有了，揹包上幾個破洞，需要補。他要我補，但我太懶了，外套上掉了幾個鈕扣都沒理它。他立刻命令我，剪刀，針，線，拿出來，補。

遵命了。針眼兒穿不過去，他不耐煩，給我穿了；起頭不會起，他也給起了，乾脆替我補起來，我看他也不見得高明，縫出來一行像醉酒鬼的腳步，還有大碼小碼。我恭維他道：「你倒是連這也會做。」他老大不客氣的說：「台灣的男孩子，除了不會生孩子之外，甚麼都會做。」我看看好生過意不去，接過來補，無知的問：「這裏進去呀？」他受不了我了，索性替我補完。老大一個人，替我補揹包，怎麼可以，折煞我也。

宿舍食堂禮拜天晚上不供食，我多與高吃，每次他付錢，必不肯讓我一次，一回我賬單都搶到手了，讓他理昭昭雄辯一番，抗衡不了，只好還他。這天他實驗室裏趕功課，差不多午夜才打電話來約。

跟他在一起我會格外活潑頑皮，兇他氣他作踐他，嘻嘻哈哈；認眞談話的時候，可以一談幾小時。吃飯時他見我腕上戴一玉鐲，問我怎麼平日不見我戴；我說是適才想起天心了，找出來戴一戴；還是在花蓮買的，他長大的地方。那個玉鐲摸上去涼涼的出水一般，現在愈發比前精亮了，吃飯時常敲到桌面上，一作響，一心動。

我問他曉不曉得附近一間老店，賣三明治巧克力糖的。他說不知。我說那裏很好玩，老舊的店，一幅牆壁貼滿那家店的歷史，舊餐牌舊廣告，還有惠顧過那裏的重要人物的簽名留念。他不爲所動的說：「我覺得你去過的地方比我還多，玩過的地方比我還多。」言下之意，蓄有譏誚。我當下自嘲道：「我是好玩之人嘛。」但心裏禁不住一股委屈傷心。還不是那時候我自個了無意緒逛蕩逛蕩，逛蕩出來的。他那樣聲口說我。本來待要告訴他那裏許多古靈精怪好吃東西，算了，不講了，活該他沒得吃。

午飯常會和高錯過碰不到，某日如是。我房中做事不下，適巧一韓國人託我找來秋住的房間，便下樓去看海報，瀏覽間高從食堂出來，遠遠喊我名字，警告一聲把手中一個紅蘋果擲來我接，接不住，骨嘟嘟滾到地上去了，塌掉一塊。他上我房間聊天，我取出一個蘋果一個柳丁與他帶走。

那個禮拜天晚上仍舊到午夜才吃飯，到「BURGER KING」吃雞三明治。約好半小時後等，我呆不下先到街上蹓躂，隔壁店裏蹓一圈，看見滿滿一盤子的芝士蛋糕，忖是新鮮做出來的，高必不曾吃過，我室友亦是經我推薦後常買來吃。我便給他買了一個芝士蛋糕一個芝士麵包，熬夜好有東西犒勞肚子。

路上他跟我說下午背痛得緊，回家泡泡熱水，卻有電話馬上得起來，只覺頭暈作嘔難受得要命。他站隊買東西的當兒，我便尋一處一邊有沙發的位子，直覺上沙發會舒服些。吃著我問他吃過這裏洋葱圈沒，他答沒有，我買來與他，他嚐嚐點頭說好吃。男孩子就是這樣，來了三明治一大塊，零星東西不懂得買來吃。我且捎來一疊紙巾，他替同學另買兩份三明治，沒給人家紙巾。他咕叨道：「我倒沒想到。」我響響的說：「女孩子嘛！」他使勁點頭同意：「所以世上需要女孩子。」我說沒有我們，沒有他們。他不以爲然。沒有我們，皮膚上割下一塊來，就可以繁殖了。

後來有一天我眞的發他脾氣了。晚膳時分好好說著話兒，言辭間我突然不樂意他了，當場椅子一蹬托盤一擎捧著就走。上得樓來，一支煙功夫，漸漸生了悔意。何苦責怪於他呢？人家的確並沒說甚冒犯的話；而且就算不快也不該當場發作，回來轉念想想氣就消了；人家臉上也下不來。眞的那點修養功夫不知道哪裏去了。入夜他意料中的打電話來，問：「心裏好過點了沒有呀？」不知怎麼，心裏一陣波瀾湧動，卻是悽惻起來。我說並不曾不好過，其實是我不好……聲音弱了下去。講講兩人一遞一接聊上了。他剛晉升有車階級，要替我搬家，問我日期，好計算定，那一陣子會忙，搬家的人多。我說你不必幫我搬了，幫別人好了。他說他不幫別人只幫我。我更不依了，才不要霸佔他呢，拚命把他推搡開去，叫他替別人搬好了，我僱計程車可以的，加上有三天時間，可以逐日搬。他說一個人來來去去一點一點搬呀，我說就是那樣子，他說好，那麼他就開車跟在我身邊，看我甚麼時候搬不動了。我想像一下那情形也實在好笑。

唉，歎一口氣，這種人，我奈他不過的。但我忽然很心安了，雖同時有惆悵。我想起前前後後認識的色色出息人物。也許我就是爲了結交這些人而來的，爲了圓滿我此生緣法。算算香港有小林，世俗花巧，最是理直氣壯不饒人；阿迪是浪子心性，無奈他何；張丞相嘛，我和他算得上奇緣，初見，重逢，再重逢，皆憑空而來。

東北有我大表哥。不久前收到一年半載以來第一封信，欣喜難喻。信中說的是：「沒有給你寫信，一定生我氣了，請表妹多多原諒吧。」送他〈相遇〉那首歌，他說會唱了，工作中想起來會唱幾句，不但會唱了，唱得還不錯。他的照片我曾與高瞧，高亦說長得好，就是有點憂鬱，我聽後創楚愈愈要憐惜他。我對人或會反覆無情，惟對大表哥我厚道不小器，只願叫他歡喜。

台灣則是阿丁天文天心他們了。心情又是另一般。我有幽微怨恨，他們不知；我曾要與他們決絕，那我會先挑阿丁。阿丁的世界受不住太多的感傷；我的感傷於他是太多了。我靜靜地也會感到飄零和傷懷。唯與他決絕他會絕不動情，不回頭顧一顧。他是風吹樹影噪噪切切，我不過是樹影深處的一點陰涼罷了。但我始終沒有。他的笑辭齒落，意氣風發，記憶猶新呢。

而這裏我有高。兩人密議定，盡可能同時畢業，他到香港玩，我當導遊，再一起飛去台灣。我說我必要旁聽他一課，他說我來了，他馬上當衆宣佈：「今天我好朋友來了，停課一天。」我在他會結結巴巴講不出話來。「還不是一樣。」我說。「你不同呀？」

一回晚飯後到圖書館途上，兩人又唱起〈回憶〉。下過雨，有點霧漫漫，空氣濡人襟濕人語，唱唱卻是清晨了，楊柳青濛濛，陽關道上車馬稀……經過電機大樓的拱門，都是我和高的聲音，化了風，水遠山長吹了出去。

一九八二・四

《素葉文學》第八期

高，連電話地址甚麼都不知道了。

大二那年的春天之後我們一天一天淡下來。秋去冬來各忙學業，上課地點在不同園區，想巧遇都難。我心裏已接受也許再也見不到他這個人。但很巧，他畢業要回國的當天，在校園大道旁的一條岔道迎面碰上。慣常我不走那條道，那天不知一個甚麼念頭信腳拐進去，一眼看見他斜靠灌木叢矮垣上，行李就在腳邊。冷不防的重逢間誰也沒來及掩飾臉上一瞬的失措。他在等朋友，他說。接著告訴我，他要回國了……

細節有點記不清了：到底有沒有行李？是他回國當天還是之前哪天？眞的有個朋友嗎？但我知道我沒有記錯他臉上那少少心虛的表情，像偷溜的人被逮個正著。沒有記錯忽然那小道上，風吹來了別意。沒有記錯我們不抱期望的相互叮嚀寫信，相互說來台灣玩找我啊來香港玩找我啊。而且我知道我沒有記錯，那是我們最後一次相見了。

水遠山長。兩年、三年、七年、十年，他在台灣我在香港，心不在焉通幾年信，都是頻率不高的過年寄張賀卡之類。在那個尚未有電子郵件、手機簡訊代勞的年頭，維持連繫是痲煩的事。電話不會隨便打，寫信要構思，一年一張賀年卡約莫是最低門檻，過了這道門檻，便是規則失效的界外區。

最後一次碰面機會在一九九六年我去台灣，到現在我記得拿著聽筒聽見他聲音時的疑幻疑眞。因爲我地方不熟大家商量半天哪裏見，換了幾個地點才敲定一個。結果他沒出現，甚至後來在電話裏聽到藉口我還不大相信……

——喔，認了吧，他放了我鴿子。

果如所料沒再收到賀年卡。

可憐身是眼中人。

這是王國維〈浣溪沙〉的下半闋：「試上高峰窺皓月，偶開天眼覷紅塵，可憐身是眼中人。」辛辛苦苦的爬上高山，巴巴的等月亮出來了，光達達看見的卻是自己。這裏有卑微的蒼涼與嘲弄，然而，他對於自己還是感到親切的，惟有自歎可憐。

如今我來寫我自己，就好比在報上開了隻眼睛，我這迷離之身，便是那眼中之人。但願不光是可憐而已。

自說自話的散文近來是少寫了，主要原因，大概是我對於自己以前的那種寫法，漸漸不耐煩起來，覺得太欠穩重，看多了是要生膩的，總不成永遠停留在那地步。我只求能做到忠實，沒有絲毫浮誇與牽強。要不，寧可不寫。

目下的情形，詩是太高尚了，小說又太是非，倒是輕佾危險的散文體，迎合我此刻撩東撥西的冒險精神。主題擬不出來，姑且把一星期中的胡思雜想，抽樣記一記。散是散了點，不過，這是例外，不是例。

星期一

日本小說《源氏物語》的論文，下午理出來了，寫的夕顏這女孩子。源氏某天去探望病中的奶媽，等門之際，隔著簾子，瞥見隔壁一間陋屋裏幾方美好的女額。那裏門外開了夕顏花。他打發僕從惟光幾次三番打聽，方知夕顏，開始夜裏去探訪她，天亮而回。掩飾身份起見，用巾子蒙住了臉。日本平安時期的男女關係，就是這樣幽秘而單純。其後源氏認爲夕顏那裏太吵，把她帶到僻靜的所在，不料她當晚被邪祟所侵致死。夕顏死後，有這樣的一段描寫：「天還沒有全亮。惟光把馬車帶了上來。他把屍體用裏物捲了，抱入車中；源氏對這工作似乎是不能勝任的。那身體很小，很美麗、順從。裏物鬆了，她的頭髮瀉了下來。源氏眼前的世界遂黑暗了。」極其淒美、親密的訣別手勢。她的髮膚，在向他告別，頭髮如夜色瀉了下來。她在這裏活了，他卻死了。無意中的輕微的變化，卻是憂傷，帶著此點到即止的悲劇性。

我桌上有一隻下午脫下來的手套。手套這種東西，存在的本意，原是要把手套進去；鞋呢，是把腳塡進去；衣服是把身體穿進去。可是我這手套此刻空置著，第三四指微叉開來，彷彿有甚麼難言之隱，滿是委屈的神情，比把它戴在手上的時候還要滿。洗手間裏有我房東的女兒的一隻猄皮兔毛裏子短靴，丟在那裏很久了，縮在暖氣管子底下，每次我進去，它都十分激動，滿腔的話待說，又有點怕，怯生生的發呆。這些東西，一旦脫離了本身的意義，便各自找尋自己的生命，有無限的可能性。只要把手上的歸手上，腳上的歸腳上，它們就又老老實實的了，沒有雜念。

桌子上另有一套新借的《脂硯齋重評石頭記》，灰藍封面，快要下雨的灰藍。我絕無志願加入紅學研究的行列，以前香港的一位作家杜杜先生，因我提過家裏存有《乾隆百廿回手抄本》，誤以爲我讀《紅樓夢》，已到了研究版本的階段，承他看得起，高估了我，其實是錯了。被人高估，一直耿耿於心，趁機會澄清一下。《紅樓夢》有這許多版本，是讀張愛玲的《紅樓夢魇》才知道的，而那是頂以後的事了。我向來看的《紅樓夢》，大概只是坊間繕本，掉皮落頁，破舊不堪，是在舊書店花十塊錢買的。拿到這裏的圖書館一對，方知是程本那一系列，當時只匆匆一翻，光是第一回，和庚辰本就有好些不同。此外的甲戌本，第一回前面的一截，包括在凡例裏，因此一開始已經是女媧氏補天。我這《脂硯齋重評石頭記》的序裏，說明用朱墨兩色影印，可惜翻來翻去，僅僅墨色一種，連刪改的地方亦是。甲戌本卻眞是朱墨兩色，橫著豎著朱紅的字，我看了十分開心，感到一種原稿特有的素面相對的激情。這裏圖書館版本不全，卻也有程乙本、程丙本、程丁本、庚辰本、戚蓼生、東觀園、王孝廉……不由得人不動心。但也罷了。

已經下了一天的雨，不時有雷聲，聽著聽著，恍惚聽見時光近近的蹲在我的窗下，纏綿的哭了一會，淒淒泣泣的去了。

星期二

看了希治閣的「鳥」（The Birds）。

女主角瑪蓮尼，與男主角蒙池，在一家鳥店中邂逅。那個週末，瑪蓮尼把一雙「愛鳥」，送到蒙池居住的比特哥灣，給他的妹妹做生日禮物，不意被海鷗啄了一下，皮破血流。自這天起，比特哥灣這小鎮接二連三的受到鳥群大舉襲擊，損失了好幾條人命。

蒙池的母親對兒子的新女朋友十分敵視。據蒙池的舊情人所言，蒙池的母親並非妒忌，而是恐懼，唯恐別的女人能夠給予她兒子愛——她自己所不能給予的愛。這心理分析有點似是而非。西洋的心理學有時就像一口螺絲，絞得極緊極緊，無可再進了，卻又退不出來，梗死在那兒。

結尾一場戲，蒙池的屋子外棲集了密鴉鴉的鳥群，蒙池一家及瑪蓮尼被困。後來瑪蓮尼受傷了，必須送到城中的醫院裏去，只得冒險上車。其中一個鏡頭，是瑪蓮尼和蒙池的母親相視一笑，那是饒有深意的。臨行，蒙池的妹妹欲攜「愛鳥」同往，她說：「牠們並不傷害人的。」蒙池答應了。他們安全地離開了比特哥灣。一片無知的鳥群在黎明中呱呱鳴叫。

這部片子看似災難片，實際上那幾場災難，目的是爲愛情下定義。愛情與禍害是孿生姊妹，相互助長。瑪蓮尼攜「愛鳥」奔赴蒙池，禍害也同時降臨了。愛情與鳥，皆是生於自然：原始、無理、不受控制、來勢洶洶、有極端厲害的殺傷性。蒙池的怪癖的母親，隱隱的肯定了這種殺傷性。對於愛情，及與之俱生的災禍，影片把來一併認同了。鳥群最後並未被消滅，蒙池等可能不過是從一場災禍，奔向另一場災禍。然而他們畢竟把「愛鳥」帶去了，蒙池的母親與瑪蓮尼，由於那相視一笑，關係似乎是樂觀的。鳥群那幾幕，撇開特技不談，確乎有一股蠻荒的、凌厲的況味。可是，到底暴戾和肅殺之氣太重，較接近西洋的戀愛觀。

我的一首未完詩，不十分切題，看來沒機會發表了，不如在此借題發揮。

回想出事那天
三級的地震微微
當你以災難的雙眉
審視我失火的眼睛
燒燬的平原不可以里計

愛是小小一個，美麗的橫禍。

印象中有一幅西洋畫，題名「妒」。裏面妒忌的男人，單只一張臉便佔了半幅畫，青削猙獰，充滿毒恨。四周黑色的雲狀暗示這是噩夢；或是他想像的，或是他目擊的，然而不折不扣是一場噩夢，至少是噩夢般的現實。夢中的一男一女在調情，他們以全身出現，在碩大的臉龐旁邊，顯得非常渺小、畏縮，僅憑妒火的微光看見彼此。女人身上的妖艷奪目的紅袍，使這噩夢有著強烈的眞實感。

中國人傳統的戀愛觀沒有那麼重的肅殺之氣。善妒如《紅樓夢》中的金桂，青春歲月裏的她耐不住熱潑潑的風情，薛蟠是愚盲的蠢夫，兼在獄中，她移情於俊朗的薛蝌，挑逗不遂，遷怒於香菱，設計毒害，結果自招其禍。大快人心之外，不無一種鬧劇式的悲涼。她的不甘、潑皮，使她爲了引誘薛蝌上釣，不惜費盡心思，調派眉眼，著意衣妝，及至對香菱下手，一路都是彎彎折折，沒有正面的衝突。她的心情幾乎是上進的，只不過是上進心往壞裏使——複雜的心，單純的愛。還是值得同情的。

上星期看了李察瑞舒（Richard Rush）的「特技人」（The Stunt Man）。彼德奧圖的眼睛，使我想起另一人的眼睛，說不出的心悸。戲院全場，有那麼一小塊空氣，哆哆的顫抖著。那雙眼睛深淡而遠，如同灰粉粉的青石磚，冬日落暮的陽光，把幾絡煙柳投在磚上，有馬蹄得得經過，飛塵依依，雖是眼睛以外的事，眼中卻有塵色了。不知怎麼，想起「咸陽古道，灞陵傷別。」那種淡，不是平板的，反應遲鈍的淡，而是滄桑都盡，忽然淡了下來，傳意不傳情。納蘭性德的「情到濃時情轉薄」不易懂，看到那樣的一雙眼睛，一定就能懂了。情到濃時，乃最絕情時，一個恍惚，淡了，意在情不在了。

再談一部片子：威廉·狄脫爾（William Dieterle）的「鐘樓怪人」（The Hunchback of Notre Dame），取材自雨果的小說，故事發生在法國（十五世紀？）。人名我差不多全忘了，只能用人物的身份特點稱呼。

巴黎新例，禁止所有吉普賽人入城。擾亂的當兒，一個美麗的吉普賽女郎偷偷的進來了。當地法院的法官，看見她在街頭跳舞賣藝，驚爲天人，愛上了她。在偶然的場合中，吉普賽女郎卻和詩人瓜爾格結成夫妻。然而，她愛上的是風流威武的衛兵隊長菲比斯。法官火熾般的佔有慾得不到滿足，失去理性，殺了菲比斯，嫁禍於吉普賽女郎，判她絞刑。

駝子是法官的養子，貌寢，終年住在教堂的鐘樓上，負責敲鐘，敲了二十五年，耳朵都敲聾了。他每天到時到候廣傳福音，自己卻聽不到。某次他當衆受辱，吉普賽女郎如聖母賜恩，給他兩口水喝。她因爲美麗、受大衆歡迎，所以特別的善良、寬容、樂於施捨。從始至終，她對於駝子，不過是那麼一點憐恤和感動。

吉普賽女郎行刑那天，駝子大恩不忘報，攀住一條繩子，從天而降，把她救了去，舉城歡欣若狂。事情並沒有就此了結。法官罪愆被揭，惱羞成怒，意欲置她於死地。駝子爲了保護女郎，把養父高舉過頂，從鐘樓上拋了下去。

經詩人瓜爾格的奔走上訴，國王下令廢除禁例，准許吉普賽人民進城。最後一幕，吉普賽女郎與瓜爾格相擁離去，她回望鐘樓，惻惻似有輕慮，但當她仰頭看見丈夫瓜爾格，她幸福地笑了。駝子高高地挨著一尊教堂的石像坐，看見所有的人走了，女郎走了，鏡頭拉得極遠極遠，他變得比指甲還小，在巴黎的夕陽中，如牆上的一紋雕刻，絕望地冷卻了。

駝子的生活，鐘樓上的兩口鐘便是全部，因之對它們培養了近乎母性的癡情。他手撫其中一口鐘，對吉普賽女郎說：「就是它把我弄聾的。」痛心而疼惜，像一個淚眼的母親面對不肖的、給她無數痲煩的兒子，儘管罵他「畜生、孽種、不是我養的」，在他做錯事的同時，已經原諒了他。（是女兒，絕對不會那麼溫柔繫之。）駝子敲鐘的時候，完全是陶醉的、癡癲的狂喜，臉上充滿駭怖，和坦蕩蕩的純潔。他於是更可怖了。

我助教認爲這部片子的主題是：偏見對人們的影響，及個人和社會的解放。大家在討論中輕輕地把美醜的問題揭過去了，大概是覺得太浮面，不值一提。我如今單是在這簡單上做一做。

爲甚麼國王的一道令下，能夠使整個吉普賽民族重新爲社會所接受，卻不能使醜陋的駝子來去自如地在人群中行走呢？答案恐怕不光是偏見而已了。感官上的成見，比起思想上或心理上的成見，因為更直接、原始、接近人類的根性，反而有著極其強頑的韌力。我們對於美醜的反應，深受環境影響，故而一部份只是習慣。這種習慣只支配了我們對於美醜的辨別，卻並不完全控制我們對於美的各種態度。

醜不及美來得有商量、有爭執，因此我們在那上頭反而容易意見一致。美則不然。有的人欣賞那種較含糊而隱晦的美：眉宇之間，眼神之後，微笑之前，俛首之際。有的人依靠五官的尺寸是否合乎標準來斷定一個人的美麗與否。所謂的「審美觀」，就是這樣應運而生的。我們沒有「審醜觀」，因為對醜不感到興趣。

不美不即是醜。我們大多相貌平平，不美，可也不醜，至多是討好，或討厭。像戲中的駝子那種畸形的，萬人遠避的醜貌，到底並不多見。「物以稀為貴」，醜極了，也有他奇異的吸引力。世上有幾個人，能像戲中的駝子那樣受人注意呢？

話眞是扯得太遠了，簡直胡說八道，見笑！

星期三

我寫文學批評，通常是在一種忍痛的心情下，因爲必須把完好的作品，一塊一塊拆開來分析、研究。（雖然我不介意有人肯花那樣的力氣分析我的文章。）我對我喜歡的作家往往有一個一統的、感性的印象。像維珍尼亞·胡福（Virginia Woolf）的小說，就覺得是個白熱熱的下午，沒有人動，只有眼睛在動。——指《到燈塔去》（To the Lighthouse）而言——張愛玲呢，有時是陰沉沉的衖堂，有時是垂老的、有無限記憶的陽光，溫暖而親近，就算死了，也是個死去的親人。

星期四

今天晚上倒楣極了。我騎單車回家，途中一處地方修路，太黑了，看不分明，本來就覺得有點不對勁，遲疑著，就已經劃了下去。好在只是一片軟泥，若是亂石堆，或一個坑洞，後果不堪設想。雖如此說，也挨了一會才起得來，一個過路人問我有沒事，我說沒事，謝謝；後來的一男一女，也問我有沒事，我也說沒事，謝謝。扶著單車起來了，不知怎麼，頭上暈了一暈，一個不穩，單車就倒了。那個女的上來幫我攙起，我又一暈，幾乎摔跌。那個男的以爲我受了傷，叫我去看醫生，說不定哪處骨頭裂了。其實我只是神智上昏了昏，肢體上沒有事。男孩長得容長蒼白，戴金邊眼鏡，使我想起「齊瓦哥醫生」中的革命青年。不過多半是我想像的，白天裏再見一定認不得他了。

我扶著車子過馬路，回頭看看，警號燈根本太暗，完全不起作用，除非是汽車的車頭燈光反射回來。不是自己的錯，更傷心了。我自小就好碰碰撞撞，現在常騎單車，更是意外頻生。有一次在斜坡上摜下來，比這次跌得更重，回家左一塌青，右一塌紫的。今回準定也是。

象牙黃的月亮在青霜色的夜空中昇起了。許是太冷，縮做一團，小如豆丸，格外清濃。我想起幾句不相干的挺差勁的詞：「春光盡後鳥分投，莫憐天上月，淚滴松梢頭。」因爲是自己的，感到親切，馬上想起來了。且是未完成的，更加感到親切。

我的詩詞，通常是有句無篇，做不完的，比如「思量身後事，那不哭前因」，「十年窗下讀，意氣成鬥鬥」（表示讀書讀到狗身上去了），有詠牛郎織女的「西風牽繫織娘衫，不見織娘去後還」，「直道人間相聚少，那知天上一般難」，和「世人只道年年會，不知年年惆悵還」。其他的斷句零章，更不堪提了，賣也賣不到錢，眞是「十年辛苦文章賤」。

小時候家裏就沒一本像樣的書，爸爸看的約莫不大正經，媽媽追著他打，他逃進我們房裏，鋼琴蓋一掀，把書一藏。我和姊姊興奮極了，幫爸爸打氣。

我記得我看的，僅限於《良友之聲》、《樂鋒報》、《兒童樂園》，和一塊錢一本富於教育意味的連環圖，應該睡午覺的時候掩在被子裏看，讓窗外的女傭玲姊發現了，托托托叩起窗子來，我往後仰著頭看她，外面是灰白白刺眼的天空，叫人的心悶悶的沉了下去。

星期五

我不懂得看現代詩，只知道自己偏愛楊牧和瘂弦，說不明爲甚麼。好幾年前，我看了鄭愁予的一首詩，跟我媽媽說：「我喜歡鄭愁予的詩，像是站在一個懸崖上聽回音，有一種空靈之感。」她就覺得我非常有學問了。我有那樣的感覺，是因爲我看的那首，正是〈崖上〉之故。

楊牧的詩眞是靜，靜得生涼，平鋪、開展、從容不迫。像一顆忍了許久才滴落的淚珠，飽飽的、成熟的、含蓄的。如〈蘆葦地帶〉：

那是一個寒冷的上午
在離開城市不遠的
蘆葦地帶，我站在風中
想像你正穿過人群——
竟感覺我十分歡喜
這種等待……

一切是凝凍的，一個人，在淒老的蘆葦中，卻忽然有了你，有了人群，有了動作，這些都在一念之間出現了，無端地感到一點溫暖和奢侈。那種喜歡，竟是孩童的認眞與乾淨。又如〈孤獨〉：

孤獨是一匹衰老的獸
潛伏在我亂石磊磊的心裏
背上有一種善變的花紋
那是，我知道，他族類的保護色
……

這一段筆力千鈞，一勾一撩都沉沉有力，密度高，但鬆緊得宜，「磊磊」又加強了石的意象。只覺那匹沉著戒備的老獸，隨時蓄勢待發。〈林沖夜奔〉我亦極喜，但太長了，也有人詳細討論過，輪不到我這外行。

瘂弦的詩世俗活潑，處處透著機警頑皮，楊牧說他「親切」，這就是了。他的詩節奏快，意象多，一個眼慢便錯過了。語氣是挑釁、佻脫的，然而都落實到一個樸拙安穩的底子上。忘不了他〈羅馬〉中的：

有人踱到傑帕斯河
採一束蒲公英遮著眼睛
整整的哭泣了一個下午
傑帕斯河也哭泣了一個下午

荒唐又荒涼！還有〈懷人〉：

茫茫的書齋裏
有你茫茫的小雕像
永達的傾聽
蛀蟲們訴說一些藏書的幽怨
永遠的凝視
窗紙上繪的松影
一如老祖母昔日羅衫上的淚痕

一堆靜物，卻多麼家常而安定。這裏的記憶是沒有時間性的，太熟悉了，又清晰，又遼遠。

糟糕得很，我又想起自己的一首未完詩。用自己的詩壓軸，實在不太像話了。但我大概是不會再怎樣寫詩了，正好以此總結詩緣，並且自喻我這現代詩的〈檻外人〉：

如果是季節，為甚麼不是
晴朗的季節
永遠瞻望，觀看，居高地
站在彼岸

星期六

居然下雪了，好像比去年下早了點，但這節候也差不多了。我把我豆沙紅的短雪褸取了出來。本來是連著帽子的，去年鈕扣掉了，懶得縫上去，就丟了。天氣再冷，就要用圍巾把耳朵蒙起來。

星期六我總是快樂的，因爲可以去農民市場。秋天的時候，踩在乾薄薄新落的葉子上，咔嚓咔嚓，聲音像一個清閒自在的人在吃餅乾。吃著就到了。鬧饑荒我也去，兩手抄在空空的口袋裏，風吹著，眞是個有著詩意背景的悲劇人物。錢少，採取零購辦法，這個這裏買，那個那裏買，很多東西買似的，自己都相信，且又顯得雅致，有涵養。

農民市場有一股民間的氣氛，大概無論在哪裏，一提到農民，就有這麼一股氣氛。這裏卻不大鄉土，覺得賣的人都是從果園裏走出來的，跟樹比跟地有關係，雖然他們也賣些地裏長的番薯、洋葱等。

回家的路上，遠遠的看見一棵樹，開著陳舊沮喪的紅花，萬分驚訝，湊前去細瞧，才知道只是一樹葉子，有一半轉紅了，在風中抖動著，彷彿因爲騙我成功了，一震一震的大笑起來，我當下也笑出聲來了，因爲我是自願被騙的。後來經過一戶人家，門前果然開了一簇很好的黃菊，聞得到霜氣。我對花無多大感情，能夠看到它，又把它記下來，全是因爲上了花的當。

早些時，可以在家門前，看一會落葉才進屋裏去。最好看那棵就在我家門口，落了許多天的葉子，總也落不完，一階一地的落葉無人掃。紅的葉子是海棠紅，最是紅顏灑血的婉烈。有的落得十分不情願，淑女式的，半推半就，打著老大的優美的弧子，微弱地抗議著，但還是落了。其他的看不起那樣的造作，慷慨赴義似的，呼的一條直線，也落了。並沒有別的結果。

現在沒得看了，光是冷，腳忙忙的縮到屋子裏去。

星期日

最近常看維珍尼亞．胡福（Virginia Woolf）。我有她的四冊日記，和三本人家寫她的傳記，全是挖她的隱私，眞是抱歉，但她也太不小心了，自殺前沒有把日記毀滅，給了爲她作傳的後人不少方便。

看傳記，還是個人的成份居多。卡夫卡就喜歡傳記。他是極度自我的人，好拿人家跟自己比，自慰、自欺、自勉……通通有。《安尼法蘭的日記》（The Diary of Anne Frank）家喻戶曉，我敢說沒一個女孩子讀了，不計算計算，自己在那年歲，做甚麼，想甚麼。及得上及不上倒在其次，而是進入另外一個人的生命中，看他的行事爲人，覺得也不過是個「人」而已，有一份安心，因爲自己也是人。

電影也爲人作傳。前一陣子看的德國紀錄片「The Great Ecstasy of Sculptor Steiner」，講一個滑雪家史丹納（也是雕刻家）創世界紀錄的經過。影片的結尾，打出兩行字，是史丹納自己說的話，大意如下：「我希望世界上沒有別人，只有我，史丹納，沒有別的生物，沒有風，沒有雪，沒有銀行，沒有錢；只有我，赤裸裸地躺在一塊大石上——至少那樣我不用再害怕。」

人有名到了某一個程度，就有權利發表這一類驚人妙論，非但沒有人反對他，而且還覺得那番話發人深省，意味深長。縱使有人起反感，對於說那種話的權利，總是欣羨的。

我記得當初投稿，每用「邋遢」這兩字，總被人改成「骯髒」。我想一定是那看稿的人，不認識這兩個字，又不認識我這個人（要是我是某某名作家，他最低限度會去翻翻字典。）「骯髒」雖然也髒，但讀起來鏘鏘有聲，有一種屬於聲音上的清潔，不及「邋遢」邋遢，簡直烏眉黑嘴，油頭垢面，鶉衣百結。我很生氣，下定決心，以後要寫一些文章，是沒有人敢改的，不是我寫得好，是沒有人敢改。

現在我也知道了，那其實並沒有甚麼了不起。

一九八三・四・一

《大拇指》第一七二期

可憐身是眼中人——後傳

我懷念那輛天藍色腳踏車。雖然因爲技術太差每次騎都有心理負擔，但是曾有那麼一刻、半刻，我體驗到一個大學生在美麗空曠的異國校園自由自在疾馳的、年輕飛揚的感覺。

我沒再騎過腳踏車。

大熱天——記安雅堡藝術節。

密西根大學學費昂貴，據說是因爲工商業不發達，州政府窮。數及八萬的農場佔了三分之一州地，除了南部一條子地域落在美國五穀地帶之內外，其餘皆屬禾稼和奶品地帶，出產黃豆、玉蜀黍、甜菜、薯、酸櫻桃、蘋果等。然而這些合起來尙應付不了財政赤字。曾爲世界首席汽車城的美國第五大城底特律，自從一七〇一年貴族探險家安東尼．勞美（Antoine Laumet）——頭銜卡特力伯爵，墨提世家之安東尼——於溫莎對岸的底特律登陸（今之文化中心所在地），監造法國要塞第一座木材房屋而終以卡特力房車垂名後世，經歷近三個世紀的興廢榮衰，過去幾十年走的一直是下坡路，如今泥菩薩過江，自身難保。

安雅堡還不至過於落魄，起碼藝術節這三天稱得上市面繁榮。許多商舖終年囤積的貨物都渴望在這時候掃售清光，節慶過後又籌備明年的節慶，循環周轉。

通常在七月中旬或下旬，大熱天，一年一度。我初抵安雅堡已是九月初涼，錯過了；以後兩年都有去（不去簡直不行，攤子就在家門口）。

先是幾條通衢大道攔了起來，車輛不行，馬路兩側搭起木棚子，一夜之間，原本空溜溜的棚內充塞著人物、物事和人事。實際上和其他慶典並沒有兩樣，一來也是飲食大會、遊藝會，賣藝者牽著穿花裙子的小猴子，顧客們以兩毛五代價換取把銀幣放入小猴子手裏的特權，小猴子總是恭敬地頂頂頭上的帽子，帽子總是回到頭頂上又堅持滑下來。有生意頭腦的學生組織樂隊在街頭表演。緬因街的約翰我是認識的，拉小提琴。第一次見面他新買了鞋試穿，樓上樓下的房客通通湧出來圍著他觀賞，爭相稱讚他的紅鞋醒目好看。藝術節他和三數友人在緬因街快到利比爾特街的陰涼處拉小提琴，腳邊的提琴箱半滿著有聲和無聲的錢。最後一次見到他，他西裝畢挺坐在台上三十多位交響樂團團員之中，我坐在台下的觀衆席上。

起初無知，以爲棚位的擁有權採取先到先得制度，遲來搶不到位子的唯有自歎倒霉。在香港養成的「小販心智」由此可見。後來才發現每一棚都貼有執照證明書，棚地上白粉筆署著大大的阿拉伯數字，示明棚號。我認路回家似的一直認到鍛鐵匠尼奧·安德生那裏。去年他即席造爐打鐵，引來不少觀者，對面的檔口賣日本「照燒」雞和春卷，可一邊聞肉香，一邊看打鐵。不知是不是小學的國文課本上有一篇關於鐵匠的文章，配上插圖，自此對打鐵匠總是很有好感，覺得親切，常常想像自己在寒冷的深夜獨自走經鍛鐵店，那種溫暖眞是漾出油來的。遠遠便先有了各種感官上的快樂，爐火的扯風的澎湃，鐵的標腥氣味，以及噹噹噹搥打熱鐵的聲音滾做一隻隻碗大的鐵球蹦出店門，在夜街上奔跑追逐。鐵匠雄健銅色的肩背上曬著火光，彷彿有一個獨立的自成星系的太陽在那裏照耀著。店牆上影幢幢的，使整爿店忽然很像一個原始山洞，鐵匠的碩大影子籠罩包圍著鐵器時代的文明的火炬。

可是在大熱天底下打鐵的滋味可不甚好受，安德生把鐵條火辣辣一捅捅入冷水裏炸，神色淒厲，像在炸一條雞腿，然後又送往火爐裏烤，這樣冷裏熱裏一來一去，間隔著噹噹噹的搥打聲，把整個宇宙的地基打在地球上。沒有甚麼比這聲音更能代表這門代代相傳冷暖自知的古老行業了。

棚內擺設著各式各樣的鐵架子，其中一具，上掛一圓通可愛的玻璃球，旁有一紙說明。原來十七世紀末期，玻璃匠製造短頸圓瓶作為聖水容器，驅除巫魘，有趨吉避凶的用途。瓶口禁錮邪惡的精靈使不能作祟。聖水瓶因從守望球（watch balls）淪為巫魅球（witch balls），玻璃匠們互相相訪學習，通常第一件合作品便是巫魅球，使來訪者了解玻璃的原理，同時習慣新的工作環境。

可惜安德生今年不打鐵了，只是發了胖，臉上多長了兩撇髭子，盤踞高高的高腳凳上，和鄰棚的台灣籍女畫家喝汽水聊天，喝完順手把汽水罐往垃圾桶裏一扔，頃刻有推著整車子汽水罐的小孩趕來拾去，好領按金。

幾乎每一位棚主都有把凳子，高矮不一。斯泰特街從南至北，最沒有遮陰地方，因此又附帶遮陽傘。日升而東，遮陽傘的投影紛紛落在路西，日夕而西，遮陽傘的投影又紛紛落在路東，有如依約橫斜的荷葉群。走在荷葉群間，尤其是點燈時分，更有一種金吾不禁元宵夜的心情。

木刻是密西根發展較早的手藝品。緬因街近秀倫街口有一木刻棚，大小木刻形狀各異，不外乎燒些字樣，上些顏料。滿棚木刻左右夾攻這樣對你說：「捕捉你自己的彩虹」、「愛生命最好的方法是愛許多東西」、「我愛一切老的東西：書、朋友、時間、酒」、「我可爲玫瑰哭泣，思念著你」、「在你心中書寫：每一日都是一年最好的一日」。忍無可忍的生命向你提供意見，但也知道自己的許多缺點，打先便站在自衛的立場上。棚口坐定一對老夫婦，是從退休知識分子的鄉間生活走出來的，從沒見他們起來走動過，面部表情彷彿一個微笑揉碎在臉上，又甜又痛。甚至內中也不乏取笑的成份。顧客買了一方木刻回家，擱在每日必經之處，性急地提醒自己捕捉自己的彩虹，不得不承認，那終究是有點可笑的事情。

斯泰特街又有一人雕刻俏皮古怪的小人像，像頭以蘋果爲原料，所以一律戴紅帽子。二百五十年前美國塞尼加印第安人以乾蘋果製「快樂頭」爲新生嬰兒帶來好運。他們相信「快樂頭」有神奇的力量，在月球方位正確的夜晚細訴各種預言。

還是初次看見這玩意兒。我在棚前留連半晌，臨走時那年約五十的雕刻家突兀的問：「你認不認識我？」我心下好生奇怪，除了搖頭外也沒有甚麼可說的。他卻露出錯愕的神情，彷彿活了半個世紀，想不到會有這一天。

通街是畫家，平常不看畫的人，這兩天也難免看了些畫。湯姆．雷高爾特是水彩畫家，當衆作畫，對著畫紙彎腰拱背，右手執畫筆，腕戴金錶的左手撐住穿了白色及膝羊毛運動襪的腳，全副運動裝，像個高中生，剛從及膝學生襪裏抽長出來不久的。其實他十九歲就開了自己的畫廊，二十一歲又開一家，已經有了一位嚼口香糖嚼個不停的太太，而且這次藝術節他的畫賣得很好，上一兩百塊的畫都陸續標出「已售」字樣。他擅用灰棕組色處理秋冬的主題，人跡罕至的積雪的曠地，幾棵瘦小的禿樹，向上伸的禿枝舒而直，那姿態是好整以暇的，遠處的常青針葉樹林一層一層散佈開去，水平線上灰糊的樹影像是嚴冬天氣下神智不清時的幻象。自然界的循環已走完她最後一遭，普及的、哀莫大於心死的腐朽慢、長、呆，並沒有死生大事的衝動和悸動。人走到這裏就走到了世界的盡頭，藝術的盡頭。

布茲克芝只畫女人，用強烈刺激的顏色狠狠地給她們穿上衣服；一模一樣的女人，吊著紅橙黃綠的吊帶長裙，肥壯如豬，從這張畫裏走到那張畫裏，在桃紅窗簾大紅沙發椅的華美環境中安置她們的家。但家總是太小，一排五個女人緊緊擠進畫框裏，很費了些力氣才擠得進去，連環的胳膊如孿生的藕，乍看簡直粉肉蒸騰，是名副其實的「肉壺」（fleshpot）。她們像是永遠抬著頭過日子，倒睡的臉停留在某種感情高潮上，仰得極高極後，快要看不見了，只剩下嘴和鼻子三個洞，代表「臉」這個人體部份。她們的人性卻在那橫潑、驕恣的風情裏面，使人覺得她們就在此時此地。

布茲克芝高大超重，唇上養著兩條髭鬚，使人想到雪地裏踽踽獨行的北極熊。查理士．基治活卻是清瘦蘊藉的意大利靜物畫家，喜著光鮮衣服，逐日一換，總是褲子比上衣色淺。似乎生意清淡，我屢次過境，他一張畫也沒賣出去，終日坐在帆布椅上，太陽地裏，手捧一部精裝書。

門、窗、廚具、水槽邊堆放的雜物——用倦眼經秋的目光看這一切，也許更能感到它們的可愛。畫裏沒有人的形象而有人的元素。半掩的門，鋪展一片陽光地帶，門本身在半明半昧中，神秘而期待地半開著。進不進去呢？裏面其實沒有別的，光是一些簡單的傢具，經過多次磕撞和清理後與之熟悉，很可靠的東西，總不會在一瞬之間消失的，但也說不定，不能破壞這噓聲細氣的懸疑的美好；還有大扇小扉的窗戶，關密、敞開或半開著，不知是午前的東照抑或午後的西曬，然而折射的效果是一樣的，似夢非夢，陽光像和風一樣吹進來，嗆咳的金沙金塵飛舞在人生光明的地方，窗格子的影落在木條地板上，玲瓏的條與塊受到光暗調節猶如臥倒水中的欄杆影，深居簡出的氣氛裏有一種憑欄的想念，家宅裏的背地裏的思量。再看看廚房，也覺得在現實之外，隔著回憶的距離和夢的迷惑，瀕臨現實的邊緣單足而立，未知往前撲倒抑或往後偃倒，在那將臨未臨的判決中生命異常地長。新洗的廚具懸於牆壁，扁身的平底鍋、箩箕、舀子、木匙，投下各自的小我的影子，不明來歷的風經過時磕托磕托響動，聽得人心裏發空，彷彿處處有主婦的鬼魂，疲倦的手不放心地處處介入，有限的生趣寄託在小片小片的動與靜之上。

技術方面則是筆致細密，紋理清晰可見，終於忍不住問起畫家，原來是 **Egg Tempera**，以雞蛋黃作媒介，爲十四世紀至十五世紀末期的意大利畫家所樂用，不僅能使畫作持久，且能保持色調均勻。

從基治活的棚口再往前走幾步路，便可以看見李洪杜先生的中國水彩工筆絹畫。管棚的太太大概懷疑我也是中國人，一直注視著我，本來沒打算停留的，結果又還是折了回去，就此和李太太攀談起來。她是順德人，李先生是番禺人，在嶺南大學修美術，一九五〇年到台灣，先後從李仲新、俞仲林兩位先生習畫，現在一家子定居紐約。

李先生的畫我記得有一幅，畫的一名妙齡女郎身披雪氅，手抱嬰兒，在雪夜中策馬奔馳，熟睡的村落被遠遠拋在後頭。晚空是和氣的青藍，滿天梅花點疑星疑雪，降落在人和馬的體溫裏。心情是緊急的，惟恐東窗事發，後有追兵，雪封的動作所表達的唯有距離而沒有速度，倍覺前路漫漫。嬰孩在睡，深深窩在舊藍棉布做成的兜兜裏，露出半個小光頭，渥渥的溫暖在天寒地凍中開滿了乳香和雪香，他的心臟是整個大地的心臟在那卜卜跳動。

背景雖在古中國，卻叫我想起耶穌誕生天下初生嬰兒遭殺戮的故事，那年輕女郎也是個聖母型，但是畫上沒有說明，畫沿除了作者簽名和印章外全無題字；請教李太太，原來題字往往引起外國人的好奇心，總要追問內容首尾，她英文又說不順口，解釋來解釋去，人家也不見得明白，因此李先生現在作畫乾脆全不題字。

又談了一會我便向李太太告辭，說好第二天再來。那一夜打了一夜的風，次日中午再去時李太太正和她大女兒在路邊扳開了椅子坐。李太太告訴過我，她的大女兒學抽象畫，二女兒首飾設計。我問她們吃過飯沒有，李太太說還沒有，待一會兒還得回酒店煮飯，李先生是一定要吃白米飯的，他們到哪裏電飯鍋就到哪裏。又說，昨晚打的風，棚上繫的電燈壞了，早早就收了舖，聽天氣報告今天也會起風；有的畫家損失慘重，護畫玻璃全告砸爛，李先生用的是塑膠才不怕，有搭得不夠結實的棚子也坍了。早上棚裏清閒，這兩年美國經濟不景氣，生意大大不比從前，花了大半年時間完成的一批貨，往年都能賣光，今年恐怕有一大半帶來又帶走；紐約的華盛頓廣場他們也一年兩次去賣畫，還見過戚維義。對面那猶太人旺氣最盛，一天內去掉四張上六百塊錢的作品，另外一棚賣人造鳥的，去年第一天便大發利市只賣剩一隻，今年也不差上下。隔壁那畫家倒好笑，他妻子給他坐鎮就像是坐到畫的上頭去似的，一張也銷不出去，他自己一出面卻一連打發掉好幾張……

在風和砂塵中瞇著眼睛說話，遊人騎在風的尾巴上有如集體遷居的魚群，只覺得光陰匆匆，與李太太道別後，自己隨意逛了一會，便也往家的方向走，走到秀倫街，只見長途車總站旁的荒地上築起了舞台，一隊樂隊在演唱流行樂曲。這小片地平日上學常路過，坐北的牆斑剝破落，脫皮的廣告顏料如淤漬的血塊。稀草雜著砂石，東邊微微隆起一條長墩，有點像個大號墳墓。一群年輕人正在那裏群起而舞，遠近幾個街角團團站了些人觀看，我也加入看了一會兒。舞台前有一黑衣小伙子，頭上神氣地側著一頂小帽子，光著腳丫激烈地舞著，好玩地踢起一蓬蓬黃塵，煙煙霧霧，塵落定了，這一切也就消失了。

一切都消失了。次日清晨出來幾十條街巷沒有人煙，彷彿剛遭到一場劫禍，封路的棚欄拆在路旁，粉筆寫的棚號淡了些，大概再過兩天就完全滅跡了。垃圾堆烏黑的養著一窩蒼蠅，受到驚擾時各自打著馬達營營繞飛一陣。從斯泰特街拐到利比爾特街，遠遠的一棵樹上掛著不知哪家攤子遺留下來的紅皮手袋，給那棵樹增添某種人性。一個長髮女孩經過，停下來摘下那紅手袋，掛在自己肩上，偏著頭左右端詳，不大能決定是不是值得帶回去。與她交肩時她猶自流著躊躇的汗水。我也走到一個紙箱堆中，蹲下來亂著翻尋，出了一身汗，終於揀了個較像樣的，帶回去待搬家時用。

一九八四

日後大大小小的工藝節民俗節跳蚤市場農民市場看多了，自然不再覺得稀奇。但至今我清楚記得在澳洲頭半年間常去的、我所住的北雪梨區每星期六舉辦一次的Noodle Market——麵條市場。其實除了一檔中華炒麵外其餘攤檔都不賣麵，卻是戶外熟食攤常見的德國香腸、中東烤肉、印度咖喱、炸春卷、香蕉煎餅……前途茫茫裏見食物如見老友，油脂滋滋的熟食香聞著都高興，但我去都是衝著那支現場樂隊每次都唱〈Stand By Me〉。

六十年代英美流行曲榜首名歌，由美國黑人靈魂歌手Ben E. King原唱，一九八六年美國導演Rob Reiner用作電影「伴我同行」（Stand By Me）主題曲而再度大紅，仍由Ben E. King主唱。歌非常短，可等多久我都願意。我總是買客炒麵或煎餅，吃完或臥或坐在草地上，等那四個酷男生唱那支歌。

沒有一次這國家的美不令我驚歎。湛藍天色是洗衣粉廣告裏的，蒸蒸日頭釋出泥土香，健康吃得好的小孩小狗滿地跑。多半都是一家大小同來，不是節日也像慶祝甚麼似的。我這孤獨客像隻黑羊混在白羊群裏，彷彿是隔很遠看周圍的和平世界。我想旁人看我要不憐我斯人獨憔悴，要不欣羨我無拘無礙自得其樂。想想歷來多次出國我多麼雀躍可以一個人消失到遙遠陌生之邦。在殊異之地忘憂之鄉，我多麼方便即可隱身遁形，忘記世人也被世人遺忘。在美國，足踏泱泱大洲，呼吸大聯邦空氣，我曾全心吶喊：「我自由了！」

但是在北雪梨那片草坪上，我脆弱得反常滿腦子生離死別。這輩子我沒試過這麼想家，想念朋友們。我歸咎於袋鼠國度的跨越多個時區、夏天不按月份來到、天氣好得教人胡思亂想，讓我像那些曾經大批從英國運來的囚犯刻牆爲記，逐日倒數還有多少天可出囚籠，到這有好歌好酒好肉的地方，重新擁抱人群擁抱陽光天地，而只要〈Stand By Me〉的輕快節拍一起，我當場四肢百骸解凍眼淚應聲落，因爲那是我這輩子聽過最讓我內心充滿光明的情歌了——

當夜幕降臨
大地一片漆黑
月亮是唯一的光芒
不，我不害怕，啊我不害怕
只要有你在我身旁，伴我同行……
啊不，我不害怕，我不害怕，只要有你在我身旁，伴我同行
……

後記

綠蕪中，春逝去，花落水流東……

我感激身邊有父母相伴。

兩位老人家身體都健朗，母親已退休多年，父親則每週仍開診五天半。我們這個加起來將近兩百歲的三人小團體，便是我的幸福所寄。他們讓我如此依戀做一個女兒的日子而不願長大。若無兩老給我作伴，無趣中年如何堪度。若無我給兩老作伴，淒涼晚景有若寒冬。

親情、友情、愛情，曾經它們是我生命中，三條景色參差、風光各異的路徑。我一往無前，走過千里。現在我來到了三岔盡頭的交匯地。萬徑同歸，百川入海。回顧半生所歷情緣，莫不是恩情的體現，莫不可以是「恩」字的釋義。

情多只為恩深重。綠蕪春逝，誰為情種，只為了人間情濃……

綠蕪，原是蔓生的亂草，但在春回大地之時，荒野廢園，也自有爛漫的春光。《春在綠蕪中》所記的，正是春天在我生命中暫留之事。那夾帶在風中雨中的花草訊息，鳥蟲微語；那託付在雲上海上的願望紙鳶，魚書小箋。曾是我側耳傾聽，引頸神往的。曾是我伸手可摘，俯仰可拾的。曾是我憑欄所思，臨窗所盼的。曾讓我的快樂之杯溢得滿滿的。

附錄

附錄一——聚散本是等閒事

關寶兒

○八年七月二十八日早上的陽光份外燦爛，窗外的空氣似乎帶點什麼能力，叫人呼吸了特別雀躍。我依舊梳洗一番，打開衣櫃，挑選了一件白色有帽的棉蔴上衫，一條三個骨的牛仔褲，一雙平底鞋，簡單瀟灑。連忙把書和相機放入背包，怕自己大意而誤事。從我家到灣仔會展，大概要一小時多，這天的一小時過得尤其慢，然而，又怕它過得太快，每步夾雜著興奮與惆悵。到了灣仔，找了間茶餐廳，叫了個最傳統的香港式早餐，耳機聽著品冠、光良的〈我找你找了好久〉，雙蛋火腿通粉都變成一堆堆不知名的東西，毫無意識地放進口中。只感應到心臟明顯的跳上跳落，那份緊張就恰似快要與久違了的初戀情人見面，既驚又喜。

「她還記得我嗎？我該向她說些什麼？她會否不願意跟我聯絡？……」素常不是「一萬個為什麼」的我，腦海從未湧出那麼多疑問。

吃光了早餐，從茶餐廳一直走向那人山人海的會議展覽中心，是一年一度書展的會場。老實說，我不是個喜歡去書展的市民，因我認爲買書隨時可以買，如果看書是一種享受，這享受應從選書、買書那一刻開始。我破例是因爲大會舉辦了一個「名作家講座系列」，邀請了好幾位作家從世界各地來接受訪問。而我的目標只是她。

隨隊進入會場，我找了一個不前不後的座位。會場轉眼便座無虛設，環視四周，什麼年齡的人都有，男女參半，他們的眼睛充滿著期待，迎見這位久別文壇的香港才女——鍾曉陽。

她終於出現！身上一件白色棉麻有領鬆身長袖恤衫、黑色麻褲、短髮、平底鞋，肩上揹著個長長的袋、臉上沒有半點脂粉，只覺淡淡口紅，走路時總有點害羞似的，跟從前沒有兩樣，還多了一份女人味。

講座在衆多提問和掌聲中結束。接著是簽名時刻，我拿著手中的《停車暫借問》，排在長長隊中最後的一個。等待已久的一刻終於要來臨，驟然一陣暖流，從髮根一直流到腳尖。我告訴自己，「結果如何已不再重要，重要是我能再次親眼目睹她，親耳聽到她的聲音，知道她健康，我已經滿足。」

輪到我，一個箭步從人群中跳到簽名台上，既痛快又瀟灑。她望著我的眼神，跟望著其他讀者一樣，嘴角禮貌地笑一笑，我心想：「她眞的認不出我來。」

在短短的幾秒鐘，我鼓起勇氣，硬著頭皮，說：「Sharon，我是關××，你記得我嗎？」她凝望著我，這刻彷彿一切都靜止了，只剩下我和她。她說：「噢！是你。你變了許多，比以前漂亮啊！」她邊說邊寫上我的名字，說話中好像沒有太多的興奮。

我連忙說：「是啊！你有否收到我的電郵地址？我拜託×記者給你的，有空你便給我電郵吧！」

她點點頭。我央求她拍兩張相片，恐怕沒有機會見面。

晚上竟然收到她的電郵，「關（她喜歡這樣稱呼我），今天謝謝你來。你想約什麼時候見面？」

就是這樣，我們重聚了。

我跟鍾總算有點緣份，小學二年級是同一班，到了小六大家才走在一起。那年我們要考升中試，家長們都緊張女兒能否順利升回原校，紛紛找補習老師。聽說九龍城的蘇Sir很有名聲，名校學生都上他的補習班，於是鍾和我在沒有選擇下，每天放學後一起乘塔3號巴士，先去美而廉吃午餐，然後慢慢走到嘉林邊道上課。由九龍塘到九龍城，路程不遠，大約十五分鐘左右，但我們會彼此講個不停，好像有說不完的話。

鍾的眼睛十分大，鼻梁不太高，細細薄薄的嘴唇，像隨時隨刻說什麼至理名言似的。鍾是個清純的女孩，她品性溫柔，但總帶點冷傲，令人難以親近的樣子。她性格跟我截然不同，她愛靜，少說話，也不常笑，多愁善感，朋友不多，但聰慧過人，讀書不費吹灰之力，科科名列前茅，中英數樣樣皆精，然而卻極之低調。我和她一起時，滔滔不絕的總是我，她總是邊聽邊笑，彷彿也同意我的謬論似的。鍾的聲線幼幼細細的，聽她說話要十分用力。連笑聲也比貓兒的腳步聲小，不像我哈哈大笑，把全世界的人都笑醒了。

記得有一回，蘇Sir在發回我們中文作文，在芸芸學生中，他只選出兩份最欣賞的作品，一份是鍾的，另一份是我的。喜悅之心至今猶在。就是這樣，我們結下了文字的緣份。

後來的升中試，我回不到原校，自此鍾和我分散在不同的校園中，各有各的路，各有各的發展。

中四那年的十二月，鍾收到我的生日卡，約我到北角某餐廳見面，我們同樣都是在十二月生日的。分開了一段日子，鍾仍是以前的寡言，還添上了莫名的孤寂，腦裡又好像想什麼的想個不停。

餐廳昏黯燈光的襯托下，只隱約看到她的臉龐，我問她：「很久沒見，你好嗎？」

她冷靜地，聲音幼細的像一張薄薄的紙向著我飄過來：「可以。」隨著我們聊起補習班、蘇Sir、美而廉……忽然鍾又沉默起來，接著對我說：「你知道嗎？我已經一年沒有照鏡子，對自己的樣子也開始模糊了。」

鍾把我嚇了一跳，然而這的確是她的狀況，她的坦率已經勝過了一切，我毫無保留地接納她的告白。十五六歲的青年人，正是探索自我之秋，有些異常表現一點也不出奇。我又何嘗不是模模糊糊（天天照鏡也看不清真正自己），經常在問，我是誰？

那天相聚，話不多，卻是溫暖，一切盡在不言中。分手的一刻，很想給她一個擁抱，因再沒有字句能表達我心中對她那份情誼。無奈，熙來攘往的北角街道，把我這念頭推委得一乾二淨，乾脆說聲「再見」罷了。

真想不到自那次別後，我再沒有見鍾了。

直至中學會考那年，大家都忙著應付考試，連電話的往來也沒有。有一天，我從一個不認識鍾的鄭同學口中，在青年文學獎文集中看到她的一篇獲獎文章，鄭同學一看便猜中文章的主角是我，連忙走來對正一番。鄭同學的文學修為素來比一般人強，想像力及聯想力甚豐富，配合鍾細膩生動的描寫，才能在萬人中找到文章的主角。

鄭同學既認眞又肯定的說：「文章所描繪的關，跟我認識的若瑟芬是一模一樣，我猜一定是你啊！」話雖如此，我仍是不敢相信自已會成爲鍾筆下的女主角。抱著半信半疑的心態，一步步走向學校圖書館，心裡有點矛盾，七上八落，不知所措的樣子。

找到《第六屆青年文學獎文集》，把書一翻，鍾的名字清楚排在散文組得獎作品中。〈祝福〉——讓我驟然想起北角金馬賽餐廳的昏暗燈光和與鍾的一席話。這篇文章就是她送給我的一份至眞至誠的心意。試問我又怎能不感動呢？

會考過後，我們一直失去聯絡。那時鍾的《停車暫借問》面世，一個只有十八歲少女竟寫出如此細膩華麗的小說，轟動了整個香港及台灣的文壇，被譽爲「十八歲天才少女」。她是當之無愧的。我當時沒有找她，也不知道到那裡找她。只好把她的作品逐一欣賞，就當與她見過面吧！只要她不斷有新作品，便確知她在世界某一角落，她平安我便放心了。

與鍾最後一次相聚是十六歲，之後每十年我都想起她，看看她的書，也有過衝動去找她，亦嘗試過寫信到報館，致電出版社，但都空手而回。這一別轉眼已是三十個寒暑，當中經過了人生種種起伏，成敗得失，更覺友情可貴。

老天爺倒有悲天憫人之心，體恤我相思之苦，在〇八年六月，丈夫在某週刊得知書展邀請了鍾爲其中一位「名作家講座系列」的嘉賓，立刻告訴我。我歡喜若狂，抱著丈夫跳上跳落，十足像個三歲小孩。連忙撥了電話給那週刊的記者，情詞迫切的請她把我的聯絡資料轉送給鍾。之後，我特意走到中央圖書館，把〈祝福〉細讀幾遍。事隔多年，再看又是另一番滋味。

我們終於都再次相聚了。相約於尖沙咀某酒店的餐廳中，燈光依然是昏暗，分隔三十載的我們，有太多沒完沒了的話要說，但彷彿又沒有太多可說的話。然而這相聚是溫暖而豐富的。我們彼此都長大了，不再是十五六歲的黃毛丫頭，那臉上隱藏不住的滄桑，正好印證了互相深厚的情誼，不曾退色。大家又聊起以前的小學、補習班、美而廉……鍾還說：「關，你記性眞好，我已忘記了……」大家都忍不住地笑起來。鍾從袋中拿出台灣出版二十五週年紀念版的《停車暫借問》，說：「送給你的。希望你在英國生活愉

快。」書上寫著：〈祝福〉至今，正好三十年。謹此為念……曉陽

鍾和我是聚少離多，難得相聚又要分離，心中禁不住湧起一股惆悵，但正如鍾在〈祝福〉中提到「聚散本是等閒事啊！縱然未可如願，但我們共同踩過那許多路途，只須回身拾掇每一個足跡，自是一番溫馨！只要我們有情，天涯何嘗分隔得開？好像一輪彈簧，無論扯到多遠終究還是彈回來的。那時候，就像此刻，一個無雲的午後，陽光灑得我們滿身滿心，我們一人一杯軟雪糕，徜徉藍空下，眞眞是永恆啊！」

今天，窗外大雪紛飛，屋外宛如變了個晶瑩剔透的童話般世界。潔白無瑕的白雪，給人一種撫慰。一切都在過濾，一切都在升華。享受著這幅壯麗無比的雪中景色，我執起筆，回身拾掇我倆每一個足跡，細味這份接近半世紀的情誼，多麼美，多麼溫馨！更感謝鍾給予我這個機會，能在這本書中，寫下我多年對好友的思念與尋索，這是我的幸福。讓我衷心送上至誠的祝福，祝願遠方的好友永遠健康快樂。

又但願這本《春在綠蕪中》再度面世，讀者能發現、並且再發現鍾的獨

特之處，喜歡並享受閱讀她的作品。

關寶兒

原籍廣東南海，一九六二年出生於香港。小學就讀瑪利諾修院學校，與鍾曉陽結識，至今四十年。現就讀於華威大學，主修英文及文化研究。

附錄二——為了啟動靜止的引擎

鍾玲玲

出版長篇小說《遺恨傳奇》、詩集《槁木死灰集》之後，一九九七至二〇〇七這十年間，鍾曉陽彷彿從華文文壇上消失了。有人以為她從此不再提筆，事實上她仍在圈子裡，不過是改行做翻譯、當編劇去了。十年過去，鍾曉陽在香港《明報》編輯的游說下，重新執筆，開始在《明報》發表散文。〈為了啟動靜止的引擎〉一文是在鍾曉陽登場書寫前，由香港作家鍾玲玲所做的開場專訪，一談她擱筆十年的心境變化。

原文刊載於二〇〇七年九月三日《明報》世紀版。

鍾玲玲（以下簡稱玲）：都說你停筆十年。是眞的嗎？

鍾曉陽（以下簡稱陽）：是眞的，也不是眞的。十年中我的確沒有寫過一首詩、一篇散文、一部小說，但卻沒有失去與文字的維繫。在我轉而從事的商業寫作中，包括無數產品手冊、宣傳單張、軟件指南，和不同文類的翻譯。說是停筆十年，不過是自長篇小說《遺恨傳奇》和詩集《槁木死灰集》後，並未發表任何創作而已。

玲：但人們追問的是，小說家鍾曉陽哪兒去了。人們猜想，如果你不在澳洲，會在哪裏。

陽：我在香港。自九五年回來後，從沒有離開過。但我納悶的是，你口中的「人們」，到底是誰。

玲：誰呢？要是純屬猜臆，那麼進行中的談話，還應該接續下去嗎？要是接續下去，虛構便成爲談話的理由。

陽：於是「人們」又會問，鍾曉陽在澳洲的四年間，日子過得怎麼樣。我回應說，當時的寫作眞是不順暢呀，你前來看我總共兩次。有關於我們一起度過的日子，此刻想來，都不知從何說起才好了……

玲：要說就得從最遼闊的沙漠說起、最崇高的山嶺說起，還有最遙遠的星宿，和深深的海洋……

陽：是這樣嗎？在回港至今的十年間，日子想必定是一天接續一天地過的。在尚未意識必須改變之前，創作從來是自然的事，但自意識必須改變之後，寫或不寫，已不是由我決定的。

玲：但面對這樣的難題，卻不是毫無原因的。

陽：一定不會是毫無原因的。比如，我是否具備寫作的能力。比如，我應該如何走下去呢。

玲：可人們口中的你，還是從前的鍾曉陽啊。

陽：但你清楚曉得，我們都不再是從前的自己了。

你斜眼看我／但我即將離去

玲：要說從前的鍾曉陽，總得從《停車暫借問》、《春在綠蕪中》談起。

陽：或許可以更早，比如八、九歲初讀宋代詩詞的時候，十四歲開始投稿的時候。我第一次領取的稿酬是九十元正，第一次贏取的獎品是一隻手表。編輯們說我寫得眞好，我心裏覺得歡喜，大抵也當是眞的了。

玲：曾經有人說，你是台灣作家。

陽：但這種說法，亦經已不再提起了。我十六歲踏足台灣，我對朱天心的仰慕，幾達癡迷的地步。我在台灣出版的第一部書，得到朱西甯、司馬中原的推介。因此我的文學生涯，的確是自台灣開始的。

玲：你得到香港青年文學獎是後來的事。自當時的《大拇指周報》大幅刊印鍾曉陽特輯後，你的出現爲香港文壇帶來新的氣象。

陽：是這樣嗎？我記得，也就是我們相遇的時候。

玲：你坐在我和杜杜中間。低垂著頭，一邊撫弄長長的髮辮，一邊斜著眼睛，偷偷看我。

陽：但我即將離去。我們的交往，應該是後來的事。

玲：於是人們又會問，鍾曉陽在美國修業電影期間，幹了什麼。

陽：我回應說，在美國修業及寓居的五年時光中，我的寫作狂熱是前所沒有的。那時眞是年輕。我仍然記得蓋著被，窩在床上寫作的滋味。我完成了短篇小說集《流年》。

玲：你自美國回來，是八六年的事。我們開始在放映間碰面，然後在人群中。然後你拿著厚厚的公文袋，推開編輯部的大門，來到我的面前。

陽：在赴澳前的五年間，我相繼出版了三部短篇小說，並開始接觸香港電影行業。儘管我編寫的劇本從未拍攝成電影，但我對這個世界以至在這個世界中結識的每一個人，總是有著若斷若續的維繫。所有當年無法完成的，在十年後的今天，好像又重新開始。

玲：從前你爲寫作懊惱的時候，我不是常說嗎？——「爲什麼懊惱呢？不是說往後的日子還長嗎？」

作品由讀者來說／原來評論者是這樣閱讀我們的

玲：有關於小說家鍾曉陽，你會說些什麼。

陽：但這個稱號，從來不是由我來說的。若是由我來說，我能說的，不過是寫作的歷程。我會講，在過去漫長的時光中，最深切的感悟便是，所有與生俱來的一切，都有用盡的時候。儘管寫作是我的天性，因爲對我來講，再沒有比寫好一個故事更愉悅了。

玲：當享受變成折騰，你苦苦思索的是，到底怎樣才能付予恰當的形式。又或者，到底怎樣才能使進行中的寫作，獲得充分的表達。

陽：痛苦的根源在於反思，要重拾當年的愉悅，經已是不可能的事。我們在日常生活中總是不停地說，但說著說著，都不曉得說到哪兒去了。這現實中的缺失一旦化作文字，就得反覆地一遍又一遍地掙扎著說，直至充分掌握一句說話、一個詞語的準確意義爲止。

玲：那麼，作品的好壞，該由誰來說呢。

陽：我想，作品的好壞，就交由讀者來說吧。我對文學的認識非常有限，我從未想過我的寫作跟文學有何關係，我無法談論不知道的事。閱讀黃念欣的評論集《晚期風格》後，才猛然醒覺，噢，原來評論家是這樣閱讀我們的。我不單被她的治學態度和深入分析深深吸引，我對你和黃碧雲的寫作，好像又有了較多的了解。

玲：你會想，文學評論，眞是一門高深的學問。

陽：可不是嗎。有關於我的部分，原是不值得研究的，因此評論的價值，高於作品的價值。但作爲同時期的作者，我、你、黃碧雲能夠在《晚期風格》中得到聯繫，讓我倍感親切和珍貴。

玲：言語支離破碎。我對進行中的談話，始終是誠惶誠恐的。

陽：過程中必定是既失去一些，又得到一些。那些無法說得圓滿的，將必仍會不斷地說著，直至表達充分的含意爲止。

玲：比如你的專欄，也是每天死去一些，但又每天增生一些。說起來寫專欄對你來講，可是破天荒頭一回的事。

陽：爲了啓動靜止的引擎，我樂意從破天荒頭一回的事開始。儘管我最終的心願，還是寫作心愛的小說。

玲：對不少人來講，實在是期待得夠久了。當然，重拾未了的心願，不會是毫無原因的。

陽：一定不會是毫無原因的。十年過去，終於明白，單是苦苦思索是不成的，因爲對從事寫作的人來講，總是提起筆來思考的。所以，要持續不斷地寫。要是我看來不再一樣，不是我改變了我的寫作，而是我的寫作改變了我。

玲：要是人們追問，寫作眞的重要嗎？難道不寫不成嗎？你該怎樣回答才好呢。

陽：我會講，重要的不是寫作，也不是做著的事，只是做著。我比較喜歡做著的那個我，至於最終將會怎樣，便不曉得了。

玲：不曉得啊，又哪裏曉得呢。不知道另一個十年以後，又怎麼樣。

陽：我渴望保持著我的心。像軟心糖那樣，即使外表看來是堅硬的，但內裏卻始終是柔軟的。

玲：關於作者鍾曉陽，始終是由旁人來說的。我們從未有過這樣的談話。我將再閱讀你。就跟從前一樣。

陽：那麼。我還會閱讀你嗎。

鍾玲玲
香港作家。詩／散文創作有《我的燦爛》、《我不燦爛》、《解咒的人》。小說創作有《愛人》、《愛蓮說》、《玫瑰念珠》。

春在綠蕪中

文學森林 LF0007

鍾曉陽

一九六二年生於廣州，父親是印尼華僑，母親是瀋陽人。美國密西根大學畢業。十四歲開始寫作，十七歲寫小說〈妾住長城外〉，之後與〈停車暫借問〉、〈卻遺枕函淚〉結集為「趙寧靜的傳奇」三部曲《停車暫借問》，出版後轟動文壇，獲「張愛玲的繼承者」高度讚譽。另著有短篇小說集《流年》、《愛妻》、《哀歌》、《燃燒之後》，長篇小說《遺恨傳奇》，散文與新詩合集《細說》，詩集《槁木死灰集》。

封面設計　A+ DESIGN　篇名頁設計　朱陳毅
內頁照片提供　鍾曉陽
初版一刷　二〇一一年一月十九日
初版二刷　二〇一八年七月二十五日
定價　新臺幣二八〇元

ThinKingDom 新經典文化
發行人　葉美瑤
出版　新經典圖文傳播有限公司
地址　臺北市中正區重慶南路一段五七號一一樓之四
電話　02-2331-1830　傳真　02-2331-1831
讀者服務信箱　thinkingdomtw@gmail.com
部落格　http://blog.roodo.com/thinkingdom

總經銷　高寶書版集團
地址　臺北市內湖區洲子街八八號三樓
電話　02-2799-2788　傳真　02-2799-0909
海外總經銷　時報文化出版企業股份有限公司
地址　桃園市龜山區萬壽路二段三五一號
電話　02-2306-6842　傳真　02-2304-9301
版權所有，不得轉載、複製、翻印，違者必究
裝訂錯誤或破損的書，請寄回新經典文化更換

春在綠蕪中／鍾曉陽作. --初版. --臺北市：
新經典圖文傳播, 2011. 01
面；　公分. --（文學森林；7）
ISBN 978-986-86318-7-8（平裝）

855　99025900

Printed in Taiwan
ALL RIGHTS RESERVED